DÉLIT
DE FUITE

BIOGRAPHIE

Keith Miles, écrivain anglais, se consacre depuis plus de vingt ans à l'écriture, sous forme de scénarios de télévision, de romans pour adultes ou pour adolescents. De son passage à l'école – en tant que professeur –, il garde un si bon souvenir qu'il continue d'y animer des ateliers d'écriture. Ses livres sont publiés en Angleterre, chez HarperCollins.

Avis aux lecteurs

**Vous êtes nombreux à nous écrire
et nous vous en remercions.
Pour être sûrs que votre courrier arrive,
adressez votre correspondance à :**

**Bayard Éditions
Série Hôpital urgence
3/5, rue Bayard
75008 Paris**

Et bravo pour votre Passion de lire !

PHOTO DE COUVERTURE : THOMAS RENAULT/© TONY STONE IMAGES
VIGNETTES : AGNÈS CHAUMAT SAUF CELLE DU MILIEU : D. R.
4e DE COUVERTURE : ILLUSTRATION DE GÉRARD FAILLY
D'APRÈS UNE PHOTO DE V.C.L./PIX S.A., PARIS
ADAPTATION : MARIE-CHRISTINE VILA

HÔPITAL H URGENCE

DÉLIT DE FUITE

KEITH MILES

TRADUIT DE L'ANGLAIS
PAR MARYVONNE CALCINE

PASSION DE LIRE
BAYARD POCHE

Édition originale publiée par HarperCollins Publishers Ltd
Titre original
CITY HOSPITAL
New Blood

Publié avec l'accord de HarperCollins Publishers Ltd

Dépôt légal octobre 1998
Loi n° 49-956 du 16 juillet 1949
sur les publications destinées à la jeunesse

ISBN : 2 227 729 41 4

AVERTISSEMENT

Les urgences à l'hôpital ne vous font pas peur ?
Alors venez rejoindre **Carolyn** et **Mark**
(élèves infirmiers), **Suzan** (étudiante en radiologie),
Thomas et **Melissa** (en première année
de médecine et de kinésithérapie).

Partagez leur complicité et résolvez avec eux
des énigmes captivantes.
L'angoisse, l'espoir, le mystère et l'amitié
vous donnent rendez-vous à l'hôpital Trust.

1

Le porte-documents trompa Suzan : elle pensa que le jeune homme qui se dirigeait vers elle d'un pas sûr travaillait à l'hôpital. Un médecin stagiaire, probablement. Grand et musclé, il portait un T-shirt blanc sous sa veste en jean. Suzan le trouva très séduisant avec ses cheveux blonds et ses yeux verts.

En arrivant à sa hauteur, il lui fit un clin d'œil discret. Suzan se sentit rougir. Elle était étudiante en radiologie, mais là, elle n'avait pas besoin de rayons X pour détecter les pensées du jeune homme.

« Qui est-ce ? se demanda-t-elle. Je ne l'ai encore jamais vu. »

Elle se retourna. Trop tard, il avait déjà disparu dans l'escalier.
Intriguée, Suzan courut vers les toilettes des dames. Les fenêtres situées au-dessus des lavabos offraient une vue imprenable sur le parking de l'hôpital. C'était un poste d'observation idéal. Pour se donner une contenance, elle ouvrit le robinet et se lava les mains.
Le jeune homme sortit enfin, le porte-documents toujours à la main. Il traversa le parking avec l'aisance d'un membre du personnel, se dirigea vers une Mercedes, tenta d'ouvrir la portière et, comme elle était verrouillée, continua nonchalamment son chemin.
Tout en jetant de rapides coups d'œil autour de lui pour s'assurer qu'il n'était pas suivi, l'homme longea les files de véhicules. Il en ignorait certains et essayait d'en ouvrir d'autres. Il lui suffisait d'un instant pour tester une poignée de porte. C'était un voleur de voitures !
Suzan tambourina à la fenêtre :
– Au voleur ! Arrêtez-le ! cria-t-elle.
Le jeune inconnu finit par trouver une portière ouverte et s'engouffra dans une Porsche. Il n'eut aucun mal à mettre le moteur en marche. Il démarra aussitôt et fonça vers la sortie.

Suzan était hors d'elle. Avec ses mains mouillées, elle ne parvenait pas à ouvrir la fenêtre. Quand elle réussit enfin à soulever le battant, elle se pencha et hurla :

– Arrêtez cette voiture ! Au voleur ! Au voleur !

Le conducteur leva les yeux. Leurs regards se croisèrent et Suzan recula, effrayée. Le séduisant visage qui avait attiré son attention quelques instants plus tôt avait perdu tout son charme. Les mâchoires serrées, le regard haineux, le jeune homme brandissait vers elle un poing menaçant.

Alerté par les cris de l'étudiante, le gardien tenta d'abaisser la barrière. Trop tard. La Porsche avait jailli hors du parking et s'engageait à toute vitesse sur le boulevard.

Le feu passa au rouge. Donnant un brusque coup de volant, le conducteur déboîta pour prendre une rue transversale. Il éclata de rire en entendant derrière lui un concert de Klaxon. Le moteur de la Porsche tournait comme une horloge.

Grisé par la vitesse, l'homme se sentait libre et tout-puissant. Il imagina la stupeur du propriétaire quand il trouverait la place vide sur le parking de l'hôpital, et son hilarité redoubla. Elle fut cependant de courte durée.

À la sortie d'un virage, il aperçut devant lui une file de voitures à l'arrêt. Au lieu de freiner, il accéléra brutalement et doubla les autres véhicules. Un jeune garçon au visage rond, un casque de baladeur sur les oreilles, traversait tranquillement la rue.
La Porsche qui fonçait à toute allure percuta l'enfant de plein fouet.

2

L'hôpital Trust était une véritable ville. Carolyn Denton y effectuait un stage déjà depuis plusieurs semaines, mais elle se perdait encore dans ce dédale de salles et de couloirs. Croyant arriver près de la cafétéria, elle se trouva en face d'un panneau indiquant : Clinique ORL.
Mark Andrews vint à son secours :
– Carolyn ! Qu'est-ce que tu fais dans ce secteur ?
– Ils ont changé la cantine de place ou quoi ? Hier encore, elle était dans cette aile du bâtiment...

– Elle y est toujours, mais à l'étage en dessous, dit Mark en riant.
– Nous ne sommes pas au troisième ici ?
– Non, au quatrième. Heureusement que je t'ai trouvée, se moqua-t-il, sinon tu aurais fini là-dedans avec un nettoyage des sinus !
– Beurk ! Sors-moi de là, Mark, vite.
Le jeune homme la conduisit vers la cage d'escalier et ils furent bientôt attablés devant un café et des croissants.
Comme Carolyn, Mark faisait partie de la nouvelle promotion d'élèves infirmiers. Mince et de taille moyenne, il avait un visage anguleux, d'épais cheveux blonds, et il remontait sans cesse ses lunettes sur l'arête de son nez.
La cafétéria était bondée et bruyante.
– Au fait, Carolyn, dit Mark, il faut revoir ta liste d'invités pour la fête. Tu as inscrit les noms de six médecins que tu connais à peine.
– Justement, nous ferons connaissance, gloussa-t-elle. Et puis, je les partagerai avec Suzan et Melissa, du moment qu'elles me laissent Damien.
– Qui ?
– Le Dr Damien Holt. Il a de ces yeux… ! Et ce léger accent australien… ! Je craque !

Carolyn débordait de vitalité. De père anglais et de mère malaisienne, elle avait le teint magnifique des Eurasiennes et de longs cheveux noirs. Avec un sourire malicieux, elle suggéra :

– Et si je demandais à Damien d'apporter du champagne ?

– Les jeunes médecins ne roulent pas sur l'or, objecta Mark.

– Ils sont tout de même plus riches que nous, répliqua-t-elle. Je ne vois d'ailleurs pas pourquoi. Les infirmiers travaillent aussi durement qu'eux pour obtenir leur diplôme et, à l'hôpital, on leur confie toutes les corvées !

– Tu exagères, Carolyn. Et puis personne ne fait ce métier pour l'argent ! C'est une vocation.

– Tu regardes trop *Urgences !*

– C'est malin ! Mais, tu sais, moi, j'adore cet endroit, reprit-il plus sérieux.

– Hein ? Tu adores la cantine ? plaisanta Carolyn, ironique.

– Non, l'hôpital. Ici tout peut arriver. C'est réel, ça palpite, s'exclama-t-il avec passion.

À ce moment-là, la sirène d'une ambulance retentit dans la cour. Mark se précipita à la fenêtre :

– Encore une urgence !

Presque solennel, il déclara :

– C’est là que je veux travailler, plus tard.
– Du calme, se moqua Carolyn. Ce n’est peut-être qu’une vieille dame qui souffre d’un ongle incarné. Maintenant, si tu veux vraiment de l’action, Mark Andrews, va donc affronter cette longue queue au comptoir et rapporte-moi un autre café.

3

Dans la maison qu’ils partageaient avec Suzan, Mark et Carolyn, Thomas et Melissa s’occupaient des préparatifs de leur fête.
Thomas Robbins, en équilibre sur une chaise, tenait un marteau à la main.
– Ce serait plus facile avec du Scotch, conseilla Melissa.
– Je n’en ai pas, rétorqua le garçon. Zut, j’ai lâché les clous !
Melissa s’agenouilla pour les ramasser. Elle portait encore sa blouse d’étudiante en kinésithé-

rapie alors que Thomas, qui faisait médecine, arborait comme d'habitude une chemise aux couleurs voyantes, un jean délavé et des chaussures vertes.

– Et si tu me laissais faire ? suggéra la jeune fille.

– Pas question, c'est un travail d'homme.

– De laisser tomber les clous ? se moqua-t-elle.

– Très drôle..., grommela-t-il. Allez, donne-les-moi. Suzan m'a chargé de décorer la pièce, et je veux le faire correctement.

– Pour ça, elle sait organiser les choses.

– Suzan ? Elle est formidable, s'exclama-t-il.

Thomas aimait beaucoup Melissa et Carolyn, mais il avait un faible pour Suzan.

– Elle a tout de même un gros défaut : elle adore la musique country !

Ravi de sa plaisanterie, Thomas éclata de rire. Ce fut une erreur fatale. Il perdit l'équilibre et, manquant le clou, se donna un coup de marteau sur le pouce.

Il hurla et sauta à terre.

– Je t'avais dit d'utiliser du Scotch ! fit remarquer Melissa.

– Regarde, je saigne ! gémit-il en agitant son pouce sous le nez de son amie.

– Et alors ? Tu veux que j'appelle un médecin peut-être ?

4

À peine l'ambulance arrêtée, ses portes s'ouvrirent et une civière fut déposée prestement sur la chaussée. Le petit garçon était allongé sur le dos, pâle et immobile. Tandis qu'un infirmier dirigeait rapidement le chariot vers l'entrée des urgences, un autre courait à côté, tenant la poche en plastique de la perfusion.
Le Dr Damien Holt et une infirmière attendaient dans une travée, avec l'équipement de réanimation. En un seul coup d'œil, le jeune médecin comprit que le cas était grave.
– Il a été renversé par une voiture, expliqua le brancardier. Il a perdu beaucoup de sang.
– Son bassin est endommagé, constata Damien en commençant les examens préliminaires. Des côtes et une clavicule cassées, ainsi que le fémur et le tibia gauche. Le crâne est touché égale-

ment. Il faut faire immédiatement une radio. Où a eu lieu l'accident ?
– Sur un passage piéton, rue Bentley. Le conducteur s'est enfui.
Damien jura intérieurement.
– Pauvre gosse ! Il ne doit pas avoir plus de six ou sept ans !

5

– Tu ne te sens pas bien, Suzan ? s'inquiéta Carolyn tandis qu'elles se dirigeaient vers la sortie de l'hôpital.
– J'ai vu quelqu'un voler une voiture sur le parking, expliqua Suzan. J'en suis encore toute retournée.
– Ici, à l'hôpital ? Génial !
– Tu trouves ? Le type s'est enfui, et je n'ai rien pu faire.
– J'en ai froid dans le dos ! ironisa Carolyn. C'est arrivé quand ?

– À l'heure des visites. Tu imagines ? Tu viens voir un ami à l'hôpital, ce n'est déjà pas drôle mais, en plus, tu te fais piquer ta voiture !

– Tu le reconnaîtrais ?

– Ça oui ! Je ne suis pas près d'oublier ce visage ! Si tu avais vu son air mauvais !

Les deux amies sortirent par la porte principale. Le gardien à qui Suzan avait fait son rapport les attendait. Un homme en uniforme, grand et corpulent était avec lui. L'air autoritaire, il s'avança vers les jeunes filles :

– Arthur Garret, chef de la sécurité. Vous êtes Suzan Hembrow, je suppose, dit-il en remarquant son visage décomposé. C'est bien vous qui avez signalé un vol de voiture ?

– Oui, articula Suzan d'une voix blanche.

– Il me faudrait votre adresse, Mademoiselle Hembrow.

– Pour quoi faire ?

– Pour la transmettre à la police judiciaire. Ils auront besoin de votre témoignage.

Il sortit un carnet de la poche intérieure de son blouson.

– De toute façon, j'ai aussi besoin de votre adresse pour mon rapport. Je conserve une trace de chaque incident qui se produit dans l'hôpital, déclara-t-il avec solennité. Surtout quand c'est aussi grave.

– Ce n'était qu'un vol de voiture, fit remarquer Carolyn. Cela arrive sans arrêt par ici.

Arthur Garret se redressa :

– Cette fois-ci, c'est différent. Le véhicule est impliqué dans un accident.

– Co… comment ? Où ça ? demanda Suzan, interloquée.

– À huit cents mètres d'ici. L'homme a renversé un petit garçon qui traversait la rue. L'enfant a été transporté aux urgences et opéré sur-le-champ.

– Quelle horreur ! s'écria Carolyn. Dans quel état est-il ?

– Il est entre la vie et la mort, dit tristement Garret.

– Et le chauffeur ? s'enquit Suzan, bouleversée.

– Il a filé. Nous devons le retrouver. Si le petit ne s'en sort pas, il sera accusé d'homicide involontaire.

Garret s'approcha de Suzan et la regarda droit dans les yeux.

– Vous risquez d'être le principal témoin dans cette affaire, Mademoiselle Hembrow.

6

– Je savais bien que c'était une erreur d'acheter cette télé ! dit Carolyn.
– Pourquoi ? demanda Mark sans quitter l'écran des yeux.
– Tu es collé à ce poste tous les soirs, Mark. Qu'en penses-tu, Thomas ?
– Je ne suis pas en état de te répondre, gémit ce dernier allongé sur le canapé. Je suis à l'article de la mort, et personne n'a pitié de moi.
Il brandit son pouce emmailloté dans un gros bandage maculé de sang.
Melissa et Mark s'approchèrent, prêts à compatir. Ils s'aperçurent alors que c'était du rouge à lèvres.
– Je vous ai bien eus ! s'esclaffa Thomas. Mais bon, parlons sérieusement. Où en sommes-nous pour la soirée ?
– Carolyn s'occupe de la musique. Melissa et moi allons faire les courses demain, le renseigna Mark.

– J'ai décoré la pièce et envoyé les invitations, poursuivit Thomas. Suzan se charge des boissons. Au fait, où est-elle ?
– Dans sa chambre, je crois, répondit Melissa.
– Ce vol de voiture l'a complètement retournée, ajouta Mark.
– Je vais voir si elle veut du café, dit Melissa.
La maison qu'ils partageaient était assez vétuste, mais elle présentait l'avantage d'être assez proche de l'hôpital. Chacun d'eux y disposait d'une chambre meublée.
Suzan occupait celle du bout du palier. Melissa vit de la lumière sous la porte.
– Suzan, tu veux un café ?
Pas de réponse.
– Suzan, tu es là ?
Melissa ouvrit doucement la porte. La chambre était vide.

7

L'unité de soins intensifs se trouvait dans le bâtiment principal de l'hôpital. Suzan suivit les panneaux et se trouva devant deux grandes portes battantes. Elle en poussa une pour jeter un coup d'œil à l'intérieur. De chaque côté du couloir, de grandes baies vitrées permettaient de regarder dans les chambres.
– Vous cherchez quelque chose ? l'interpella une voix sévère.
Suzan sursauta. L'infirmière la regardait d'un air méfiant.
– Oh, excusez-moi, je...
Vous venez voir quelqu'un ?
– Non, pas exactement...
– Alors je suis désolée, mais vous n'avez rien à faire ici, Mademoiselle.
– Je suis étudiante en radiologie et je fais un stage ici, dit timidement Suzan. C'est moi qui l'ai vu. Je veux dire... le voleur de voiture, celui qui a causé l'accident avant de s'enfuir.

L'infirmière se radoucit un peu :
– Je vois, vous venez voir le petit garçon.
– Oui. Kevin Hugues. J'ai entendu son nom aux informations ce soir, expliqua Suzan. Je voulais prendre de ses nouvelles.
– Il est toujours en vie, c'est tout ce qu'on peut dire.
À ce moment, deux personnes arrivèrent, escortées par un médecin. Suzan et l'infirmière s'effacèrent pour les laisser passer.
L'homme et la femme n'avaient pas trente ans, mais leur teint livide et leurs épaules voûtées les faisaient paraître plus âgés. L'homme portait encore ses vêtements de travail – une salopette blanche et des bottes éclaboussées de peinture. Il soutenait sa femme, petite et menue, secouée par des sanglots.
Suzan comprit qu'il s'agissait de M. et Mme Hugues, les parents du petit garçon qui luttait contre la mort.
Le cœur serré, elle se résigna à rentrer. L'infirmière avait raison, elle n'avait rien à faire ici.

8

Suzan ne savait plus où donner de la tête. C'était elle qui avait lancé l'idée de la soirée, et à présent elle se chargeait de l'organiser. Chacun attendait ses ordres.

– Pose les serviettes là, Melissa. Carolyn, apporte les assiettes de la cuisine. Thomas, mets un autre rouleau de papier dans les toilettes.

– Pourquoi me réserve-t-on toujours les basses besognes ? gémit-il.

Suzan avait réveillé ses amis très tôt le matin pour terminer les préparatifs. Tout devait être prêt avant qu'ils quittent la maison, pour éviter la panique de dernière minute. Ils reviendraient de l'hôpital vers dix-huit heures, et il ne leur resterait que le temps de s'habiller avant l'arrivée de leurs invités.

Carolyn revint avec une pile d'assiettes dans les bras.

– Il nous faudrait un grand saladier pour les fruits, dit Suzan.

– Nous n'en avons plus, déplora Carolyn. Mark les a tous utilisés.
– Il faut en emprunter un aux voisins, suggéra Melissa.
– Moi, je n'y vais pas, déclara Carolyn en posant sa pile d'assiettes. La vieille dame du 23 est sourde comme un pot et le voisin du 27 est bizarre.
– M. Jeffries ? demanda Melissa. Qu'est-ce qu'il a de bizarre ?
– Il me regarde toujours d'une drôle de façon. Vas-y si tu veux, moi, il me donne la chair de poule !
– D'accord, dit Melissa en sortant d'un pas décidé.
Elle sonna à la porte des voisins. Une petite dame aux manières douces vint ouvrir. Melissa se présenta.
– Qui est-ce ? cria une voix depuis le salon.
– C'est une des étudiantes de la maison d'à côté, répondit Mme Jeffries.
– Qu'est-ce qu'ils veulent, ces voyous ? vociféra l'homme.
– Ne faites pas attention à mon mari, s'excusa Mme Jeffries. Il ne pense pas ce qu'il dit.
– Ce n'est pas grave, répondit Melissa avec un

sourire indulgent. Je voulais savoir si nous pouvions vous emprunter un grand saladier.
– Bien sûr. Entrez.
– Qu'est-ce qu'elle veut ? répéta son mari.
– Ne t'inquiète pas, je m'en occupe, dit sa femme pour le calmer.
Mme Jeffries entra dans la cuisine et ouvrit un placard.
– Prenez celui qui vous convient, Mademoiselle.
– Merci beaucoup. Nous faisons une fête ce soir avec quelques amis de l'hôpital. Je vous le rapporterai demain matin sans faute.
– Ça ne presse pas. Je vous raccompagne.
Mme Jeffries resta quelques instants sur le pas de la porte à bavarder, puis revint dans le salon. Son mari était installé dans un fauteuil. Le journal posé sur les genoux, il faisait des mots croisés en buvant son café. Un vieux chien dormait à ses pieds.
– Drôles de voisins ! grommela-t-il. Dans un quartier respectable comme le nôtre...
– Ce sont des étudiants, mon chéri, et Melissa est adorable, répondit sa femme. Elle fait des études de kinésithérapie. Je lui ai prêté un saladier pour ce soir. Ils font une fête.

– Il ne manquait plus que ça !
– Nous aurions pu tomber plus mal, Bernard. Imagine que nous ayons des squatters à côté !
Des pas lourds résonnèrent dans l'escalier. M. Jeffries fronça les sourcils.
– Nous en avons déjà un dans notre propre maison, grogna-t-il.
– Voyons, Bernard !
Leur fils apparut sur le pas de la porte. Yan était grand et dégingandé, le visage mangé par une longue barbe et les cheveux jusqu'aux épaules. Il portait une veste de pyjama sur un jean déchiré. Une cigarette pendait au coin de sa bouche.
– Bonjour, mon chéri, dit sa mère avec chaleur.
Yan l'ignora et jeta un regard hostile à son père, qui le fixait.
– Quoi ? Qu'est-ce qu'il y a ? demanda-t-il, provocateur.

9

Arthur Garret fit irruption dans la salle de cours du service de radiologie sans même avoir frappé :

– J'aimerais parler à Suzan Hembrow.

– Nous sommes en plein cours, lui signala le professeur.

– Ce ne sera pas long. C'est pour la police.

Tous les étudiants se tournèrent vers Suzan qui rougit jusqu'aux oreilles.

– Vous voudrez bien m'excuser ? bredouilla-t-elle.

– On t'apportera des oranges, Suzan, lança une voix dans l'assistance.

Les autres s'esclaffèrent. L'étudiante quitta la salle avec l'impression humiliante d'être en état d'arrestation.

Garret la fit entrer dans son bureau où l'attendait une femme en uniforme.

– Bonjour, Suzan. Ravie de vous rencontrer. Je

suis Anne Purley, agent de police, dit-elle en lui tendant la main.

Suzan se détendit un peu. La femme était d'un abord agréable et lui souriait chaleureusement.

– C'est au sujet du vol de voiture, continua-t-elle. Nous avons besoin de votre déclaration.

Garret tournait dans la pièce comme une âme en peine.

– Je ne veux pas vous retenir, Monsieur Garret, vous avez certainement beaucoup à faire, dit l'agent.

– Non, je reste, déclara le chef de la sécurité. Ce crime s'est produit dans mon secteur et je tiens à être informé de tous les détails.

– Il risque d'y avoir un problème, lui lança Suzan.

– Que voulez-vous dire ? s'étonna-t-il.

– Je ne peux expliquer ce que j'ai vu que de l'endroit où j'étais, c'est-à-dire dans les toilettes des dames. Et vous ne pouvez pas y entrer, ajouta-t-elle en fixant Garret.

Le visage de l'homme s'empourpra. Anne Purley dissimula un sourire. Suzan s'était débarrassée du chef de la sécurité avec beaucoup de malice.

Elles quittèrent le bureau et échangèrent un

regard complice. La glace était rompue.
– Où étiez-vous exactement, Suzan ? demanda Anne en arrivant dans les toilettes.
Suzan alla se placer devant la fenêtre. L'agent de police s'approcha et regarda à travers la vitre.
– Excellente vue sur le parking, constata-t-elle.
– Il est sorti par l'entrée principale et..., commença Suzan.
– Attendez, chaque chose en son temps, dit Anne Purley en ouvrant son bloc-notes. À quelle heure êtes-vous arrivée ici ?
L'interrogatoire commençait.
Suzan avait une excellente mémoire. Elle rapporta tout ce dont elle se souvenait. L'agent de police fut particulièrement impressionnée par la description physique qu'elle fit du voleur.
L'étudiante désigna ensuite l'emplacement où la voiture avait été volée et se souvint aussi qu'elle avait pu voir le conducteur de près avant qu'il s'enfuie.
– Aviez-vous déjà vu cet homme auparavant ? demanda Anne Purley.
Suzan n'osa pas mentionner leur première rencontre dans le couloir. Elle détourna la tête pour masquer son malaise.
– Non, mentit-elle. Jamais.

– Mais vous pourriez le reconnaître ?
– Sans problème.
– Il est primordial que nous le retrouvions, Suzan. Accepteriez-vous de venir au commissariat pour examiner quelques photos de criminels locaux ? S'il a déjà été condamné, sa photo se trouve dans nos fichiers, vous comprenez.
– Bien sûr. Quand dois-je y aller ?
– Dès que possible. Ce soir même, si cela vous convient ?
– C'est que nous faisons une soirée à la maison..., hésita Suzan.
– Ce ne sera pas long, insista l'agent. Ensuite, je vous raccompagnerai chez vous.
– Dans ce cas...
– Merci, Suzan. Disons à six heures et quart ?
– D'accord. Mais que se passera-t-il si vous le retrouvez ? Devrai-je l'identifier ?
– Oui, bien sûr.
– Face à face ? demanda la jeune fille d'une voix tremblante.
– Non. Nous organiserons une séance d'identification de suspects et vous regarderez à travers un miroir sans tain. Il ne vous verra pas, lui assura l'agent.
Suzan laissa échapper un soupir de soulagement.

– D'après ce qu'on m'a dit, l'enfant lutte toujours contre la mort. C'est pour lui que nous devons retrouver ce sale type.

10

Lisa et Geoffroy Hugues, les parents de Kevin, étaient assis dans la salle d'attente, le visage tiré par le chagrin. Les cafés qu'on leur avait servis refroidissaient devant eux. Ils n'y avaient pas touché.

– Tout est ma faute, murmura Lisa Hugues. J'aurais dû être avec lui.

– Ne dis pas de bêtises, ma chérie, dit doucement Geoffroy.

La jeune femme se mit à trembler violemment.

– Pourquoi lui ? Pourquoi notre Kevin ? s'exclama-t-elle avec colère.

– Il s'est trouvé au mauvais endroit au mauvais moment. On ne peut rien y faire.

– Il traversait au passage piéton, comme on le

lui a appris, sanglota-t-elle. Il aurait dû être en sécurité. Mon Kevin, mon petit garçon ! Comment peut-on faire une chose pareille, renverser un enfant et s'enfuir ?

Geoffroy la prit dans ses bras :

– Les policiers retrouveront ce chauffard, ma chérie ! Et s'ils ne l'attrapent pas, moi je le ferai ! gronda-t-il, le regard noir.

Lisa se laissa aller sur l'épaule de son mari et pleura. Épuisés, ils finirent par s'assoupir tous les deux.

Quand les portes battantes s'ouvrirent, ils sursautèrent et se levèrent précipitamment en reconnaissant le chirurgien qui avait opéré Kevin.

– Alors ? demanda Lisa Hugues dans un souffle.

– Il est toujours dans le coma. L'opération l'a beaucoup fatigué. Il s'accroche, mais...

La mère du garçon blêmit :

– Quelque chose ne va pas ?

– Kevin a un hématome au cerveau et il doit être réopéré, expliqua doucement le médecin.

– Oh non ! gémit M. Hugues, atterré.

– Mais... il y a un espoir ? balbutia la jeune femme.

– Nous ferons tout ce qui est en notre pouvoir

pour le sauver, promit le chirurgien en lui serrant chaleureusement la main.

11

Carolyn avait soigné sa tenue pour la soirée : elle portait une robe unie assortie à ses chaussures. Elle était presque prête. Cette journée avait traîné en longueur. Mais c'était enfin le soir, et la fête allait bientôt commencer. La jeune fille vérifia une dernière fois son maquillage, piqua une rose dans ses cheveux et s'admira dans la glace.

– Tu n'es pas mal du tout, Carolyn Denton, murmura-t-elle pour elle-même.

Une chanson des Cranberries passait à la radio. Elle esquissa un pas de danse et s'arrêta devant la fenêtre.

Jetant un regard dehors, elle surprit une scène qui l'intrigua. Dans le jardin voisin, le vieux Bernard Jeffries, les manches retroussées, creusait un trou. Quelque chose gisait à ses pieds, emballé dans un vieux sac.

Une horrible pensée traversa l'esprit de Carolyn. Leur voisin acariâtre était-il en train d'enterrer sa propre femme ?

« Ma pauvre Carolyn, se raisonna-t-elle, tu as vu trop de films d'horreur. »

Lorsque le trou fut assez profond, M. Jeffries fit une pause pour s'essuyer le front et reprendre son souffle. Il paraissait accablé. Puis il déposa le sac au fond du trou, le reboucha et nivela soigneusement le sol avec le dos de sa pelle.

Soudain, il leva la tête et vit Carolyn qui l'observait par la fenêtre. Il grimaça de colère et rentra chez lui en claquant la porte.

– Dépêche-toi, Carolyn, appela Thomas. La fête va commencer !

Oubliant son voisin, elle dévala l'escalier.

– Comment me trouvez-vous ? demanda-t-elle à ses amis.

– Ravissante, dit Thomas en l'embrassant sur la joue.

– Tu es mignonne comme tout, Carolyn, ajouta Melissa, rayonnante.

Elle-même portait un ensemble aux couleurs chatoyantes qui mettait en valeur sa peau mate.

– Où est Suzan ? demanda Carolyn.
– Dans la salle de bains, dit Melissa. Elle vient juste de rentrer du commissariat où elle a consulté les photos des voleurs fichés.
– Elle a reconnu le chauffard ? s'informa Carolyn.
– Je ne pense pas, répondit Melissa. Elle ne m'en a pas parlé.
– Je vous sers à boire ? demanda Thomas en débouchant une bouteille de vin.
Les deux filles acquiescèrent.
À ce moment-là, Suzan fit son entrée, habillée d'un chemisier en soie noire et d'une jupe rouge fendue sur le côté. Elle était très sexy. Thomas en resta bouche bée.
– Ressaisis-toi, mon vieux ! le taquina Carolyn.
Il fit mine de s'ébrouer et remplit les verres.
– À nous ! déclara Suzan en levant le sien.
Ils trinquèrent tous les quatre.
À notre soirée ! s'exclama Carolyn. La première d'une longue série.
– Attendez ! les arrêta Suzan. Nous ne pouvons pas commencer sans Mark ! Où est-il ?
– Toujours à l'hôpital, je crois, dit Melissa.
– Il ne s'amuse donc jamais, celui-là ? soupira Carolyn.
– Si, à l'hôpital ! conclut Melissa, ironique.

C'était vrai. Comme presque tous les soirs, Mark Andrews s'attardait à l'hôpital. Il adorait son atmosphère et se sentait fier de faire partie de cet établissement réputé.
Passant devant la salle d'opération principale, il pensa avec conviction : « C'est ici que je veux travailler. Je serai infirmier au bloc pour sauver des vies humaines. »
En jetant un regard sur la grande pendule accrochée dans le hall central, il sursauta :
– Déjà huit heures !
La soirée allait commencer sans lui ! Affolé, il se dirigea vers la sortie tout en cherchant désespérément une excuse. « Désolé, j'ai été retenu dans le service… »
En fait, il rechignait à rentrer, car il allait devoir affronter le monde et le bruit. L'idée de cette soirée ne l'enthousiasmait pas vraiment, mais ses amis comptaient sur lui. Il se dépêcha donc.

12

Bernard Jeffries était bouleversé d'avoir dû faire piquer Sam. Mais le vieux chien était atteint d'une maladie incurable. En rentrant de chez le vétérinaire, il l'avait ramené à la maison dans ses bras, comme un enfant. Puis il l'avait déposé à sa place favorite, devant la cheminée, où il semblait dormir paisiblement.
Au bout d'un long moment, son maître était allé chercher un sac pour y mettre le corps du chien, et c'est ce sac qu'il avait enterré sous les yeux de Carolyn. Il avait ensuite regagné son fauteuil, luisant de transpiration et l'air maussade. Depuis, il n'en avait pas bougé.
Soudain, il sortit de sa torpeur.
– Emily ! hurla-t-il. Tu entends ce vacarme ?
– Ils font une fête, je te l'ai déjà expliqué, répéta Mme Jeffries.
– Quel sans-gêne ! Je vais leur dire deux mots.
Comme il s'apprêtait à se lever, sa femme le

retint. Calmement, elle le fit rasseoir et déclara :
– Reste ici, Bernard. Je vais aller parler à Melissa. C'est une jeune fille raisonnable, elle baissera la musique.

Chacun des cinq amis attendait de la fête quelque chose de différent : Suzan se réjouissait de rencontrer des gens nouveaux, Thomas espérait faire la connaissance d'une jolie fille, Melissa voulait avant tout danser, et Mark souhaitait discuter de l'hôpital. Carolyn, elle, comptait simplement s'amuser le plus possible. Pour commencer, elle accueillait un invité qu'elle avait attendu avec impatience.
– C'est gentil de m'avoir invité, Carolyn.
– Et c'est gentil d'être venu, Docteur Holt, dit-elle avec un sourire charmeur.
– Appelle-moi Damien. C'est sympa chez toi. Les voisins ne se plaignent pas trop du bruit ?
– Jusqu'à maintenant, non, dit Carolyn tout en s'esclaffant.
Damien était beau garçon. Carolyn lui trouvait un charme fou, avec ses yeux bleus et son accent australien. Elle était bien décidée à ne pas le lâcher de la soirée.
Mais déjà Suzan s'approchait :

– Docteur Holt ? Je m'appelle Suzan Hembrow, je partage la maison avec Carolyn et les autres.
– Heureux de faire votre connaissance. Ça a l'air d'être une soirée très sympa !
Carolyn lança à Suzan un regard noir de jalousie, que celle-ci ne remarqua pas. Elle avait une autre idée en tête :
– Il paraît que vous avez travaillé aux urgences toute cette semaine, poursuivit-elle. Étiez-vous là quand le petit Kevin Hugues a été admis ?
– L'enfant qui s'est fait renverser par une voiture ? Oui, c'est moi qui me suis occupé de lui, répondit Damien.
– Vous pouvez peut-être me renseigner, alors...
– Non, il ne peut pas, coupa Carolyn, irritée. C'est une fête, ici, pas une consultation.
Elle attrapa Damien par la main et l'entraîna vers le milieu de la pièce où deux couples dansaient déjà.
– Montez le son, cria-t-elle.
– C'est assez fort comme ça, intervint Melissa. J'ai promis à Mme Jeffries que nous ne ferions pas trop de bruit.
Sans tenir compte de cette remarque, Carolyn fonça sur la chaîne stéréo et augmenta le volume.

13

– J'ai demandé à Melissa de baisser le son, je t'assure, dit Mme Jeffries.
– Tu me répètes ça depuis une heure ! cria Bernard, excédé.
– Le bruit va bientôt s'arrêter, promit sa femme. Que veux-tu, ce sont des jeunes. Ils s'amusent.
– Jeunes et sans-gêne, oui ! Mais ça ne va pas se passer comme ça, gronda-t-il en s'extirpant de son fauteuil. Cette musique me rend fou !
Il se rua vers la porte, le visage crispé de rage.

La fête battait son plein. Melissa et deux garçons de son cours discutaient de musique avec passion. Carolyn dansait sans répit avec Damien. Suzan et Mark, près du buffet, imaginaient, enthousiastes, leur avenir à l'hôpital.
Thomas parlait avec Michaëla Taylor, une fille de sa promotion, timide mais charmante. Il décida de l'impressionner.

– Attends-moi là, Michaëla, dit-il. Je vais te présenter Gertrude.
Thomas monta dans sa chambre.
La musique était si assourdissante que personne n'entendit le coup de sonnette.
Soudain, tout le monde éclata de rire. Thomas venait d'entrer dans la pièce en étreignant Gertrude, le squelette qu'il utilisait pour ses études de médecine. Il se mit à danser avec sa partenaire dont les os tressautaient joyeusement au rythme de la musique.
– Ouvrez immédiatement ! rugit une voix qui venait de l'extérieur.
Cette fois, ils entendirent les coups violents martelés contre la porte.
– Ouvrez ! hurlait M. Jeffries. Ouvrez ou j'appelle la police !
– Baissez la musique, ordonna Melissa.
– Pas question ! vociféra Carolyn.
– Je m'en occupe, dit Suzan. Va ouvrir, Melissa, avant qu'il défonce la porte.
La jeune fille ouvrit, Suzan à son côté. Thomas était derrière elles, tenant Gertrude dans ses bras.
Bernard Jeffries se tenait sur le seuil de la maison, le visage cramoisi, le souffle court.

– Qu'est-ce que c'est que ce cirque ? hurla le vieil homme.
– Nous faisons une fête, Monsieur Jeffries, répondit calmement Suzan.
– Une fête ? Vous appelez ce vacarme une fête ?
– Nous sommes désolés, s'excusa Suzan. Nous allons baisser le son.
Emily Jeffries apparut à cet instant derrière son mari.
– Tu vois, Bernard, dit-elle en le prenant par l'épaule, ils vont faire moins de bruit. Viens, rentrons à la maison.
– C'est ça ! Dehors, le trouble-fête ! lança Carolyn, rouge de colère.
– Qui a dit ça ? gronda le voisin, furibond.
– Moi ! explosa-t-elle, se frayant un passage. On a le droit de faire une fête et on ne laissera pas un vieux rabat-joie nous gâcher notre soirée !
– Cette fille est ivre, ma parole ! lança le vieil homme.
Il s'avança vers Carolyn, menaçant.
Celle-ci tourna le bouton du volume au maximum et la musique explosa comme une bombe. Le vieil homme recula d'un bond et s'immobilisa soudain. Une main crispée sur la poitrine, il

avait la bouche ouverte et les yeux écarquillés.
– Bernard ! s'inquiéta sa femme. Tu vois, ça te fait du mal de te mettre dans un état pareil ! Allons, viens, on rentre à la maison.
Elle le prit par le bras et l'entraîna doucement mais fermement.
Suzan était furieuse contre Carolyn. Elle se tourna vers les invités :
– Nous sommes désolés, déclara-t-elle, mais la fête est terminée.

14

Mark regretta cette fin précipitée, et surtout le départ de l'infirmière du bloc opératoire. Ils avaient eu une longue discussion sur leur travail, et, à sa grande surprise, il avait passé une très bonne soirée. Quelques personnes s'attardaient encore.
– Je raccompagne Michaëla, déclara Thomas.
– Ce n'est pas raisonnable, jugea Mark. Tu as beaucoup bu ce soir.

– Ce n'est qu'à deux ou trois kilomètres. Je lui ai promis de la raccompagner. J'espère qu'elle m'invitera à boire un café ! dit-il sur le ton de la confidence.

Carolyn et Damien, main dans la main, s'approchèrent d'eux.

– Nous venons avec toi, Thomas, dit Carolyn.

– Mais, je..., bredouilla Thomas qui comptait bien rester seul avec la jeune fille.

– Damien habite tout près de chez Michaëla, coupa Carolyn.

C'est alors que Suzan intervint :

– Michaëla me dit que tu la raccompagnes ?

– Pourquoi ? Tu veux venir, toi aussi ? demanda-t-il, ironique.

– Sûrement pas ! Et je te déconseille de prendre le volant. Tu as beaucoup trop bu, Thomas ! D'ailleurs, j'appelle tout de suite un taxi, dit Suzan d'un ton ferme.

– Nous n'allons pas loin, plaida Damien. Et en plus, à cette heure-ci, il y a peu de circulation.

– Ce n'est pas une raison, insista Suzan.

Thomas ne savait plus quoi faire. Il ne voulait pas inquiéter Suzan, mais il avait très envie de raccompagner Michaëla.

À cet instant, elle s'approcha de lui et glissa ten-

drement un bras autour de sa taille.
– Excuse-moi de t'avoir fait attendre, Thomas.
– On y va ! décida-t-il aussitôt.
Suzan, furieuse, les regarda sortir tous les quatre.
Thomas était décidément un inconscient.

La vieille Ford était garée de l'autre côté de la rue. Michaëla s'installa à côté de Thomas ; Carolyn et Damien s'engouffrèrent à l'arrière. Avant de démarrer, Thomas jeta un coup d'œil dans le rétroviseur et vit que Carolyn et Damien s'embrassaient.
– Soyez sages, vous deux ! lança-t-il.
Thomas ralentit en arrivant au carrefour. Comme il n'y avait pas de voitures en vue, il s'engagea sur le boulevard, mais apprécia mal le tournant et frôla le trottoir.
– Fais attention, Thomas ! protesta Carolyn.
– Qui conduit ? Toi ou moi ? rétorqua-t-il en accélérant.
Ils passèrent devant l'hôpital : il y avait encore de la lumière aux fenêtres à cette heure tardive.
– Quand je pense qu'un jour je devrai assurer des gardes de nuit ! soupira Michaëla.
– Comment ? murmura-t-il en se penchant vers

elle. Tu n'aimerais pas travailler la nuit avec le docteur Thomas Robbins ?

– Attention, Thomas. Tu ne roules pas droit ! s'exclama-t-elle.

Thomas, l'esprit embrumé par l'alcool, passa maladroitement son bras autour des épaules de Michaëla.

– Je t'en prie, Thomas, laisse tes mains sur le volant !

– Donne-moi un petit baiser, d'abord, marchanda-t-il.

Un autobus arrivait droit sur eux. Dans la voiture, tous se mirent à crier.

– Freine ! hurla Michaëla, les mains sur les yeux.

– Rabats-toi, ordonna Damien.

– Attention ! cria en vain Carolyn.

Le chauffeur de l'autobus multipliait les appels de phares et les coups de Klaxon. Enfin, le jeune homme donna un brusque coup de volant. Il évita l'autobus de justesse, mais la voiture dérapa.

Thomas perdit totalement le contrôle du véhicule qui alla s'écraser contre un arbre.

Dans la voiture immobilisée, Carolyn jurait et Michaëla sanglotait. Damien essaya tant bien que mal de les calmer toutes les deux.

Thomas était bien trop abasourdi pour s'inquiéter des dégâts.
– Ça va ? bredouilla-t-il avant de s'évanouir.

15

L'euphorie de la fête était retombée et Mark contemplait le désordre, l'air consterné.
– Si nous rangions demain matin ? proposa-t-il.
– Tu tiens à retrouver ce capharnaüm au petit déjeuner ? répondit Suzan en ramassant un bout de saucisse sur une étagère.
Selon son habitude, elle prit les choses en main.
– Allez, courage. Mark, tu ramasses les bouteilles vides. Melissa, tu débarrasses les assiettes. Moi, je vais laver les verres.
Mark s'exécuta en traînant les pieds.
– C'était une chouette soirée, dit Melissa, l'air songeur.
– Oui, approuva Mark. Jusqu'à l'arrivée de M. Jeffries !
– C'est ma faute. Sa femme m'avait bien

demandé de ne pas faire trop de bruit, regretta Melissa.

– Non, c'est la faute de Carolyn, rectifia Mark. D'ailleurs, elle devrait être ici à nous aider, et Thomas aussi. Parfois ils se conduisent vraiment comme des gamins irresponsables !

– Allons, au boulot ! soupira Melissa en empilant des assiettes sales. Plus vite nous aurons fini, plus vite nous serons au lit.

– Oui, approuva Mark dans un bâillement. Je tombe de sommeil.

Suzan revenait de la cuisine un plateau à la main.

– Tu as l'air épuisée, Suzan, constata Melissa.

– Oh, ça va. Je veux attendre le retour de Thomas. On n'aurait jamais dû le laisser partir. Il n'était pas en état de conduire.

16

– La pluie ! gémit Thomas. Il ne manquait plus que ça.

Il rentrait à pied avec Carolyn après avoir poussé la voiture jusqu'à une petite rue tranquille.

– Il y en a qui ont vraiment de la chance, grommela-t-il.

– De qui parles-tu ? demanda Carolyn.

– De Damien et Michaëla. Ils ont trouvé un taxi, eux. Maintenant, ils sont bien au chaud dans leurs lits.

– À qui la faute ? Tu aurais pu nous tuer ! lui reprocha violemment Carolyn.

– Oh, ça va ! Personne n'est blessé, c'est ma voiture qui a tout pris.

Se ravisant, il concéda :

– Mais tu as raison, je n'aurais pas dû prendre le volant.

Ils arrivaient devant l'hôpital.

– Hé ! s'écria Thomas. Si nous allions au ser-

vice des urgences demander un lit pour la nuit ? Après tout, nous avons eu un accident !
Cette idée fit rire Carolyn.
– Aïe ! cria-t-elle en glissant sur le trottoir.
Thomas la rattrapa juste à temps. Le talon de son escarpin venait de casser.
– Ces chaussures ne valent rien, dit-elle en les retirant.
Elle poursuivit sa route en pataugeant dans les flaques.
Thomas avançait à côté d'elle, silencieux, soudain mélancolique.
– Tu peux me dire pourquoi nous faisons ça ? demanda-t-il.
– Figure-toi que notre chauffeur a cassé sa voiture ! plaisanta Carolyn.
– Non, je me demande pourquoi nous sommes dans cet hôpital ? Je ne sais plus ce qui m'a poussé à vouloir être médecin.
– L'envie d'aider les autres ?
– Hum..., soupira-t-il, peu convaincu. Et toi ? Tu te souviens pourquoi tu as choisi le métier d'infirmière ?
– Pour des raisons personnelles, dit-elle, soudain sérieuse. Mon père est mort l'année dernière. Il était malade depuis longtemps, et les

infirmières ont été formidables avec lui. J'ai eu envie de faire comme elles.

Elle se ressaisit, gênée d'en avoir dit autant, et lança d'un ton faussement enjoué :

– Voilà pourquoi je suis ici, à patauger dans les flaques.

– Je suis désolé pour ton père, dit Thomas avec sincérité.

– Oh, tu sais, c'est peut-être mieux ainsi. Son cancer le faisait terriblement souffrir et il n'y avait aucun espoir de guérison.

Thomas passa amicalement son bras autour de celui de la jeune fille et ils accélérèrent le pas. Carolyn poussa un soupir de soulagement : ils approchaient de leur domicile. En tournant à l'angle de leur rue, elle aperçut une ambulance.

– Elle est garée devant chez nous ! s'écria Carolyn, inquiète.

Des brancardiers hissaient une civière à l'arrière du véhicule. Thomas et Carolyn se mirent à courir et arrivèrent essoufflés devant leur maison.

– Que… que se passe-t-il ? demanda Thomas, haletant.

– C'est M. Jeffries, répondit Suzan. Il a eu une crise cardiaque. Selon sa femme, il a ressenti de très fortes douleurs dans la poitrine et il s'est

écroulé. Melissa a proposé à Mme Jeffries de l'accompagner à l'hôpital.
– Et leur fils, alors ? demanda Thomas en apercevant Yan sur le seuil de la maison des voisins.
– Il s'en fiche. Il a traîné dans les bars toute la nuit. Il vient à peine de rentrer. Quand sa mère lui a dit ce qui venait d'arriver, il s'est contenté de hausser les épaules.
Tous les quatre se tournèrent vers Yan, nonchalamment appuyé contre la porte.
– Quel imbécile ! s'exclama Thomas. Il mériterait une bonne raclée.
– Et toi donc ! gronda Suzan. Conduire dans un état pareil ! Je te rappelle que tu vas être médecin. Tu devrais donner l'exemple !
C'est seulement à ce moment-là qu'elle s'aperçut dans quel état étaient ses amis, les vêtements trempés et les cheveux dégoulinants. Carolyn, pieds nus, tenait ses chaussures à la main.
– Que vous est-il arrivé ? s'inquiéta-t-elle. Où est la voiture ?
– Sale histoire, dit Thomas en prenant une profonde inspiration. Je vais vous la raconter, mais rentrons d'abord.
Suzan, Mark et Thomas se réfugièrent au chaud dans le salon. Carolyn resta sur le trottoir. Elle

suivit l'ambulance du regard jusqu'à ce qu'elle disparaisse. Elle se rappelait la colère de Bernard Jeffries, quelques heures plus tôt, et sa propre violence quand elle lui avait fait exploser la musique à la figure. Était-ce ce geste stupide qui avait provoqué la crise cardiaque du vieil homme ?

Au même moment, les infirmiers s'occupaient de M. Jeffries dans l'ambulance. Melissa, qui assistait pour la première fois à des secours d'urgence, fut impressionnée par l'efficacité de l'équipe médicale.

Emily Jeffries pleurait dans les bras de la jeune fille sans quitter son mari des yeux.

– C'est injuste, sanglotait-elle. Mon mari a déjà eu sa part de malchance. Il vient d'être licencié et sa fierté en a pris un coup. À son âge, on ne peut plus espérer être embauché nulle part.

L'ambulance s'arrêta devant l'entrée des urgences.

– Nous sommes arrivés, dit Melissa. Rassurez-vous, Madame Jeffries. Ici, il sera bien soigné.

Le malade fut transporté dans une salle et installé sur la table d'examen. Il gisait, immobile, les yeux fermés, la bouche ouverte.

– Faites faire un électrocardiogramme, ordonna le médecin de garde à l'infirmière. Ensuite, conduisez-le directement en salle d'opération.

17

Carolyn était assise au bord de son lit en robe de chambre, une serviette enroulée autour de ses cheveux mouillés. Sa robe trempée et ses collants filés traînaient par terre. Il était plus de deux heures du matin. Une image la hantait : celle d'un homme hissé dans une ambulance sur une civière.

Suzan frappa à la porte et entra.

– Je t'ai apporté une tisane, dit-elle.

Carolyn ne répondit pas. Son amie posa la tasse sur la table de nuit et s'assit à côté d'elle. Sa colère contre Carolyn était complètement retombée.

– Tu n'y es pour rien, lui dit-elle, devinant ses pensées. La crise cardiaque aurait pu se produire n'importe quand.

– Elle a eu lieu cette nuit, et à cause de moi,

rétorqua vivement Carolyn. J'ai poussé M. Jeffries à bout. C'était idiot de ma part !

Elle cacha son visage dans ses mains. Suzan la prit dans ses bras un moment, puis lui tendit la tasse. Carolyn but quelques gorgées.

– Ne sois pas si dure avec toi, Carolyn.

– Facile à dire ! rétorqua-t-elle d'un ton amer.

– Je sais de quoi je parle, ajouta Suzan. Moi aussi, je me sens un peu coupable pour l'accident de Kevin Hugues.

– Mais tu n'es pas du tout responsable ! s'exclama Carolyn. Moi, si, tu comprends ? Pourquoi ne m'avez-vous pas empêchée de faire ça ?

– C'était la fête, et tu étais très excitée...

– J'étais si bien avec Damien, murmura Carolyn avec un pauvre sourire. Je n'avais pas envie que ça s'arrête.

– Ne t'inquiète pas, tout va s'arranger, la rassura Suzan.

Elle se leva et souhaita bonne nuit à son amie. Elle s'apprêtait à quitter la pièce lorsque Carolyn l'arrêta :

– Suzan ?

– Quoi ?

– Tu crois que je peux téléphoner à l'hôpital pour savoir comment il va ?

– Non, Carolyn. Tu auras des nouvelles dans la matinée.
– Alors je vais attendre le retour de Melissa, décida Carolyn.
– C'est inutile.
– Comment peux-tu dire cela? s'offusqua Carolyn.
Suzan repensa au petit garçon de six ans qui luttait pour la vie contre tout espoir et elle comprit ce que ressentait son amie.
– Tu as raison, Carolyn, excuse-moi.

L'unité de soins intensifs fonctionnait sans répit. À six heures du matin, la première équipe de jour prit la relève.
Geoffroy et Lisa Hugues avaient passé la nuit à l'hôpital.
– Quand nous laissera-t-on enfin entrer? se plaignit Lisa Hugues. Ils nous ont promis que nous pourrions le voir aujourd'hui.
– Nous l'avons vu par la vitre, répondit son mari.
– Mais je veux m'asseoir à côté de lui, tenir sa main !
Geoffroy soupira. Il avait grand besoin d'une cigarette. Mais une pancarte interdisant de fumer était accrochée en face de lui.

L'infirmière de jour pénétra dans la salle de réanimation. Sa collègue de l'équipe de nuit se leva.
– Je prends le relais, dit la nouvelle venue. Comment va-t-il ?
– Il est toujours dans le coma.
L'infirmière de nuit quitta la pièce.

Au milieu de la matinée, Suzan et Mark s'offrirent une pause à la cantine.
– Comment te sens-tu ? demanda Mark.
– Morte de fatigue. Nous avons discuté très tard avec Carolyn, cette nuit.
– Pauvre Carolyn ! Elle est comme éteinte, remarqua Mark.
– Elle broie toujours du noir ?
– J'en ai bien peur. Pour ne rien arranger, Mme Killeen, l'infirmière en chef, l'a reprise trois fois ce matin. Carolyn est vraiment inquiète pour M. Jeffries. Elle s'est précipitée dès son arrivée pour demander de ses nouvelles.
– Je la comprends, Mark. Ce matin, la première chose que j'ai faite, c'est de prendre des nouvelles de Kevin Hugues.
– Comment va-t-il ?
– Son état est stationnaire, mais il reste un espoir.

À cet instant, elle vit s'approcher Arthur Garret.
– Oh, non, pas lui ! gémit Suzan.
– J'aimerais avoir un entretien avec vous, jeune fille, lui dit-il. Je veux savoir ce qui s'est passé au commissariat hier.
– Peu de chose. J'ai regardé des dizaines de photos, mais je n'ai pas vu notre homme.
Garret eut l'air désappointé.
– L'agent Purley a fait venir un spécialiste pour réaliser un portrait-robot, ajouta Suzan. Il paraîtra dans la presse aujourd'hui.
– Parfait, dit Garret avec un sourire de satisfaction. Cette crapule va avoir la frousse.

18

Le chauffard s'était tenu un moment tranquille après l'accident, mais il ne pouvait pas rester terré plus longtemps. Il avait à faire... Voler des voitures étant trop risqué, il se contenta de fouiller les véhicules d'un parking souterrain.
De retour dans son studio, affalé sur un canapé,

il étala son butin devant lui. Il ouvrit son porte-documents et fit l'inventaire : une montre, un étui à cigarettes, un appareil photo, un guide routier, un couteau suisse, une bouteille de whisky...
« Ah, voilà qui est plus intéressant ! » se félicita-t-il en sortant le petit poste de radio. Il l'inspecta : c'était un modèle cher et de qualité. « J'en tirerai un bon prix », songea-t-il. Il l'alluma et s'allongea pour écouter un peu de musique.
À l'heure des informations, il était à moitié assoupi. Une phrase le tira soudain de sa torpeur :
« La police recherche toujours l'individu qui s'est enfui après avoir renversé un enfant, mardi, rue Bentley… »
Il s'assit et monta le volume.
« À l'hôpital, un témoin a pu donner une excellente description du voleur. Un portrait-robot sera diffusé ce soir même dans la presse. »
L'homme jeta la radio par terre et la piétina rageusement.
Il revoyait le visage de la fille à la fenêtre. Elle avait essayé de donner l'alerte pour l'arrêter. À présent, elle collaborait avec la police à le coincer. Ses mâchoires se serrèrent :
« Attends un peu, ma jolie, attends un peu ! »

19

Pendant la pause de l'après-midi, Melissa courut jusqu'au bâtiment principal de l'hôpital. Elle trouva Emily Jeffries en train de tricoter dans la salle d'attente. On aurait dit qu'elle était chez elle, pelotonnée au coin du feu.

– Qu'est-ce que vous tricotez, Madame Jeffries ? demanda la jeune fille.

– Oh, bonjour, Melissa ! C'est un gilet pour l'anniversaire de Bernard.

Elle fit un effort pour sourire. Elles savaient toutes deux que son mari risquait de ne pas fêter son prochain anniversaire.

– J'attends le Dr Buchanan, lui expliqua Mme Jeffries.

– C'est le meilleur cardiologue de l'établissement, s'exclama Melissa. Votre mari est entre de bonnes mains.

– Bernard va se remettre, n'est-ce pas ? demanda Emily. Il n'a que soixante-trois ans. Ce n'est pas vieux.

– En effet, approuva Melissa. Et votre fils ? Comment a-t-il réagi ?
Le regard de Mme Jeffries s'assombrit :
– Yan et Bernard ne se sont jamais bien entendus, et ça n'a fait qu'empirer ces derniers temps. Bernard supporte difficilement la situation : il voudrait travailler et on ne veut pas de lui, alors que Yan pourrait travailler, mais ne veut pas.
Elle essayait d'être forte, mais son visage trahissait une grande inquiétude. Après un court silence, elle reprit :
– Je pense qu'au fond de lui il se fait du souci. C'est son père, malgré tout.
Melissa ne sut que répondre.

Le Dr Gilbert Buchanan, un homme grand, distingué et réputé pour son élégance, avait une soixantaine d'années. Il portait un costume gris, une cravate en soie bleue et une pochette assortie. Il ôta ses lunettes et regarda Mme Jeffries droit dans les yeux.
– Votre mari a déjà eu un avertissement, il me semble, dit-il en se référant au dossier médical posé sur son bureau. Et ce dossier signale qu'il aurait dû s'en inquiéter.
– Le docteur lui avait dit d'arrêter de fumer.

– J'ai bien peur que ce ne soit qu'une partie du problème.
Il baissa la voix et continua sur un ton persuasif :
– Comme vous le savez, nous l'avons traité en urgence hier soir dès qu'il a été admis ici, mais tout danger n'est pas écarté. Actuellement, son état est stationnaire et, si on veut lui donner le maximum de chances de s'en sortir, il devra subir une intervention extrêmement délicate. Pour ça, il nous faut votre autorisation, Madame Jeffries.
– Je ne peux pas prendre une telle décision ! s'exclama-t-elle.
– Malheureusement, votre mari n'est pas en état de le faire lui-même, Madame.
La pauvre femme était visiblement désemparée. Elle se tourna vers Melissa qui l'avait accompagnée.
– Que dois-je faire, Melissa ?
La jeune fille hésita une seconde avant d'affirmer :
– Faites ce que dit le docteur Buchanan.
– Bernard a toujours décidé de tout à la maison..., commença Mme Jeffries.
– Cette fois-ci, c'est à vous de vous prononcer, l'interrompit Melissa. Votre mari est dans un état critique. Seule l'opération peut le sauver.

– Votre jeune amie vous donne un bon conseil, dit le cardiologue.
La vieille dame se mordit les lèvres, puis respira profondément :
– Très bien, Docteur Buchanan. Où dois-je signer ?
Un peu plus tard dans l'après-midi, Mark croisa Melissa dans un couloir près de la cantine. Elle lui raconta l'entrevue entre Mme Jeffries et le chirurgien.
– Gilbert Buchanan ? Le grand spécialiste de la transplantation cardiaque ? dit-il, admiratif. Je rêve de le rencontrer.
– Eh bien, moi, je lui ai serré la main ! annonça fièrement Melissa.
Mark comprit que Bernard Jeffries devait être dans un état grave. Gilbert Buchanan ne pratiquait que les interventions à haut risque.
– Quand l'opère-t-on ? demanda-t-il.
– Tout de suite. Il n'y a pas de temps à perdre. Ils ont demandé du sang aux autres hôpitaux, précisa Melissa.
– J'irai voir Mme Jeffries quand j'aurai fini, promit Mark. Son fils est passé ?
– Tu parles ! À mon avis, il est en grande partie responsable de l'état de santé de son père.

20

Carolyn n'en revenait pas : Mme Killeen l'avait gratifiée d'un sourire ! Après s'être acharnée sur elle pendant des semaines, voilà que l'infirmière en chef se déridait.

Mme Killeen était une petite femme de quarante ans aux cheveux tirés dans un chignon serré, portant toujours un uniforme impeccable. Son air sévère contrastait avec son accent irlandais si chantant. Elle menait les élèves infirmiers avec une poigne de fer.

– Bravo, Carolyn ! Je suis enfin fière de vous. Vous avez bien travaillé. À propos, pendant que j'y pense, avez-vous déjà donné votre sang ?

– Non, Madame, répondit-elle. Mais j'ai vu les affiches demandant des donneurs, et je suis décidée à le faire.

– Eh bien, allez-y maintenant, avec ma permission, dit Mme Killeen.

Carolyn se rendit immédiatement au centre de

transfusion sanguine. Elle avait appris par Melissa que Bernard Jeffries devait subir une autre intervention chirurgicale et qu'on manquait de sang de son groupe. Elle voulait lui donner son sang puisqu'ils avaient le même rhésus. Elle rachèterait ainsi sa conduite lors de la soirée. Une autre raison incitait Carolyn à se rendre au centre de transfusion : c'est là que Damien travaillait. Elle avait peut-être une chance de le voir...

Le centre était situé à l'arrière de l'hôpital. À l'accueil, Carolyn remplit les formalités puis alla s'asseoir.

Damien passa dans le couloir.

– Salut, dit-elle amicalement.

– Carolyn ! s'exclama-t-il, surpris. Je suis désolé, mais je n'ai pas le temps de bavarder maintenant.

– Je ne suis pas venue pour discuter, Damien, je viens donner mon sang. J'espère que tu ne m'en prélèveras pas des litres ! ajouta-t-elle en riant.

– Ne t'inquiète pas. De toute façon, il faut d'abord faire une analyse.

– Tu ne penses tout de même pas que je suis malade ? demanda Carolyn, piquée au vif.

– Non, bien sûr, c’est une procédure de routine, dit-il avec un sourire rassurant.
Damien l’impressionnait avec sa blouse blanche et son nœud papillon. Mais son accent australien était toujours aussi charmant.
– Tu es rentré sans problème, hier soir ? demanda-t-elle en abordant enfin le sujet qui lui tenait à cœur.
– Oui, mais je me serais bien passé de l’accident !
– Je suis vraiment désolée, Tho..., commença Carolyn.
– Tu n’y es pour rien, coupa Damien. Bon, il faut que je retourne travailler. L’infirmière va s’occuper de toi.
– Ce n’est pas toi qui me feras la prise de sang ? s’étonna-t-elle.
– Tu ne voudrais pas que je fasse le travail de ta collègue, non ? Entre infirmiers, il faut se serrer les coudes ! plaisanta-t-il.
Bien qu’un peu déçue, Carolyn sourit. « C’est un vrai professionnel, pensa-t-elle avec admiration, il ne mélange pas travail et vie privée. »

L’infirmière demanda à Carolyn de retrousser sa manche, puis enroula une lanière élastique autour de son bras. Quand la veine fut dilatée, elle frotta la peau avec un tampon imbibé d'alcool, y enfonça l'aiguille et préleva une petite quantité de sang.

Carolyn retourna s'asseoir dans la salle d'attente. Elle espérait revoir Damien.

Une jeune femme en blouse blanche s'approcha :

– Carolyn Denton ? Je suis le Dr Murtag.

– Où est Damien... euh, le Dr Holt ? demanda-t-elle.

– Il est occupé, répondit sèchement le médecin. Il y a un petit problème, poursuivit-elle en s'asseyant à côté de Carolyn. Nous ne pouvons pas prendre votre sang, car vous avez une légère carence en fer.

– Mais je VEUX donner mon sang ! C'est important, insista Carolyn.

– Ce sera pour une autre fois, la rassura le médecin.

Carolyn eut la sensation d'être rejetée par l'hôpital dans son ensemble, et par Damien en particulier.

Sous le coup de la fatigue et de la culpabilité, elle s'enfuit, au bord des larmes.

21

Suzan rencontra le père de Kevin dans le couloir, près du service de soins intensifs.
– Monsieur Hugues ? Comment va votre fils ? demanda-t-elle.
L'homme la dévisagea, mi-méfiant mi-surpris. Finalement il soupira tristement :
– Mal, Mademoiselle. Il n'est toujours pas sorti du coma.
Suzan éprouva le besoin de s'expliquer :
– J'ai vu l'homme qui l'a renversé. J'étais là quand il a volé la voiture.
Geoffroy Hugues se hérissa instantanément :
– Dites-moi à quoi il ressemble ! Je veux retrouver ce monstre. C'est à cause de lui que Kevin est ici !
– Un portrait-robot va paraître dans les journaux du soir.
– Je veux savoir à quoi il ressemble tout de suite, insista-t-il. Je veux l'attraper avant les

flics. Eux, ils se contenteront de l'enfermer dans une cellule confortable. Moi, je lui donnerai ce qu'il mérite !

Effrayée par la haine qu'elle pouvait lire sur son visage, Suzan recula.

– La police arrêtera cet individu, Monsieur Hugues. On le retrouvera, je vous le promets, dit-elle.

– Cet homme est à moi, gronda Geoffroy Hugues. Je le tuerai !

Suzan recula et s'éloigna en hâte.

***

Le jeune homme se tenait à proximité du kiosque à journaux. Il guettait l'arrivée de la camionnette de livraison. Le conducteur en sortit et apporta le paquet au vendeur du kiosque. Le jeune homme se précipita dessus.

– C'est la dernière édition ? demanda-t-il en désignant les journaux.

– Oui, tenez, dit le vendeur en lui tendant un exemplaire.

Le jeune homme paya et sortit. Il tourna au coin de la rue, s'arrêta sous un porche et déplia le journal. Rien en première page. Il parcourut rapidement les pages intérieures, et finit par tomber sur ce qu'il redoutait de voir : sa propre image.

AVEZ-VOUS VU CET HOMME ? disait la légende.

Il tressaillit. Le portrait-robot était d'une ressemblance frappante. Il froissa le journal et le jeta par terre.

Le visage de Suzan Hembrow lui revint précisément en mémoire.

– Rusée, cette fille, ricana-t-il. Mais pas autant que moi.

***

Une fois les cours terminés, Suzan sortit de l'hôpital sans remarquer le jeune homme qui semblait attendre le bus de l'autre côté de l'avenue, ses cheveux blonds dissimulés sous une casquette.

Le voleur de voitures était récompensé de sa longue attente. Il avait enfin devant lui le témoin gênant.

Il la suivit discrètement.

Cette fille allait bientôt regretter d'avoir parlé à la police !

– Suzan ! cria Mark. Attends-moi ! Je rentre avec toi.
– Avec plaisir, dit-elle.
Son poursuivant cracha de dépit dans le caniveau. Elle s'en tirait bien ce coup-ci, mais il ne la lâcherait pas. Il connaissait déjà son prénom. Il saurait où elle habitait.

22

Kevin était toujours sous assistance respiratoire, mais il montrait quelques signes d'amélioration : il battait des paupières et remuait un peu les doigts. Ses parents étaient assis à son chevet.
– Nous sommes près de toi, mon chéri, murmura Lisa. Il faut que tu guérisses, Kevin, je t'en prie !
Son fils lui pressa légèrement la main.
Son mari, craignant qu'elle ne fonde en larmes, la serra dans ses bras.

– Tu sais ce que nous ferons quand tu seras de retour à la maison ? lui demanda tendrement Lisa.
Mais Kevin avait de nouveau sombré dans l'inconscience.
Le médecin s'approcha d'eux :
– Il ne faut pas le fatiguer !
– Nous avons attendu cet instant toute la journée, supplia Geoffroy en levant les yeux vers lui.
– D'accord. Encore une minute. Ensuite, il faudra que vous vous accordiez un peu de repos. Vous devez être épuisés tous les deux.
– Peu importe. C'est Kevin qui compte ! s'écria Geoffroy dans un soudain éclat de colère.
– Bien sûr, Monsieur Hugues.
– Alors, remettez-le sur pied, et vite, je vous en prie !

23

Gilbert Buchanan était penché sur le malade. Depuis près de quatre heures, il luttait avec son équipe pour maintenir Bernard Jeffries en vie.
– Nous avons terminé, déclara-t-il enfin. Vous pouvez le recoudre.
Deux chirurgiens prirent le relais, et Gilbert Buchanan quitta le bloc.
– Allez chercher Mme Jeffries, ordonna-t-il à une infirmière et conduisez-la dans mon bureau.

***

– Trois cent soixante-dix livres ! brama Thomas.
– Plus les frais de remorquage et la taxe, ajouta le mécanicien. Nous avons calculé au plus juste, croyez-moi, Monsieur. Le moteur en a pris un coup. Quant à la carrosserie...
Carolyn avait accompagné Thomas chez le garagiste. Elle se sentait en partie responsable de l'accident.

– Je tiens à participer aux frais, offrit-elle.
– Pas question, Carolyn. C'est ma voiture, et tu n'y es pour rien.
– Mais où vas-tu trouver une somme pareille ?
– Je vais téléphoner à mon père. En espérant qu'il sera indulgent. Mais j'en doute !

– J'ai revu Damien aujourd'hui, annonça Carolyn, comme ils rentraient à la maison.
– Il t'a parlé de Michaëla ? interrogea immédiatement Thomas.
– Non, pourquoi ? Il aurait dû m'en parler ? s'inquiéta Carolyn.
– Je ne sais pas... Je me demande pourquoi elle n'était pas là aujourd'hui.
– Appelle-la, alors, conseilla Carolyn.
– Tu as raison, dit-il. Comment allait Damien ?
– Nous n'avons pas eu le temps de bavarder. Il était de service, et moi, je venais donner mon sang.
– Le sacrifice suprême ! plaisanta-t-il. Donner son sang pour être près de l'homme aimé !
– Tu parles ! Ils n'en ont pas voulu ! s'exclama Carolyn, dépitée. Je suis anémiée.
Thomas, surpris, éclata de rire :
– Anémiée, toi ? C'est ridicule, Carolyn. Tu as

plus d'énergie que nous tous réunis. Ils ont dû faire erreur.
À cet instant, la sonnette de la porte d'entrée retentit. Mark alla ouvrir. Mme Jeffries se tenait sur le pas de la porte.
– Melissa est-elle là ? demanda-t-elle, anxieuse.
– Elle n'est pas encore rentrée, mais elle ne va pas tarder, Madame Jeffries.
Celle-ci parut très déçue.
– Vous voulez l'attendre ici ? proposa Mark.
– Entrez donc, insista Suzan. J'allais justement faire du thé.
– C'est que... je dois préparer le repas pour Yan, hésita Mme Jeffries.
– Votre fils est assez grand pour se faire son dîner, coupa Suzan en prenant Mme Jeffries par le bras.
Mark les suivit dans le salon.
– L'opération est terminée ? demanda-t-il.
– Oui, elle a duré quatre heures. M. Buchanan semble confiant, mais il reste très prudent, répondit Mme Jeffries.
Suzan la conduisit vers le canapé et s'assit à côté d'elle.
– À quoi ressemble Gilbert Buchanan ? demanda Mark en remontant ses lunettes sur l'arête de son nez.

– C’est un homme gentil et très simple. Il m’a expliqué en détail ce qu’il avait fait, dit Mme Jeffries.

Tous trois étaient en train de vanter les mérites du chirurgien lorsque Thomas et Carolyn entrèrent, fulminant contre le prix des réparations de la voiture. Leur longue marche depuis le garage n’avait fait qu’accentuer leur mauvaise humeur. En voyant sa voisine, Carolyn rougit de honte. Mme Jeffries se leva aussitôt. Elle n’était pas près d’oublier la violente altercation entre Carolyn et son mari. Elle quitta la maison sans dire un mot.

– Vous avez vu ? Elle m’a regardée comme si j’avais assassiné son mari ! gémit Carolyn.

***

Dans sa chambre d’hôpital, Bernard Jeffries était allongé sur le dos, les paupières closes. Il respirait difficilement.

L’infirmière vint contrôler l’électrocardiographe et fit signe au médecin par la vitre d’observation. Celui-ci arriva aussitôt.

– Appelez le Dr Buchanan ! lança-t-il vivement.

24

Les étudiants de Mme Killeen étaient dans leurs petits souliers. Ils devaient effectuer des remplacements pour pallier le manque de personnel. Carolyn, elle, était ravie d'être envoyée en pédiatrie. Elle adorait les enfants, et se disait qu'elle échapperait ainsi aux yeux fureteurs de Mme Killeen.

– Comment ça s'est passé hier, Carolyn ?

– Hier ? demanda Carolyn, sur le qui-vive.

– Vous êtes allée donner votre sang, n'est-ce pas ?

– Ah, oui ! Tout... s'est très bien passé, Madame, mentit-elle.

La femme plissa les yeux :

– Bien. Ne me faites pas faux bond cet après-midi, Carolyn. J'ai hésité à vous envoyer en pédiatrie, car vous êtes parfois un peu négligente. Faites de votre mieux. Je veux recevoir un brillant rapport sur votre travail.

– Ne vous inquiétez pas. J'ai toujours voulu travailler avec les enfants. C'est le service que j'aurais choisi.
– Attention, ne vous laissez pas accaparer ! Les enfants hospitalisés sont souvent loin de leur famille et réclament beaucoup d'affection. On se laisse vite envahir si l'on n'est pas vigilant. Gardez bien vos distances. C'est l'une des règles de base du métier d'infirmière.
– Je m'en souviendrai, répondit Carolyn.

25

– M. Jeffries a encore été opéré ? s'exclama Carolyn.
– Oui, dit Mark. Il paraît qu'il y a quelques complications.
Les deux jeunes gens discutaient devant l'entrée de l'hôpital, s'apprêtant à rentrer chez eux.
– Mais cette fois, continua Mark, il est resté moins d'une heure au bloc, c'est bon signe.

– Espérons-le ! Je me sens tellement responsable, Mark. J'aimerais faire quelque chose pour Mme Jeffries, mais je vois bien qu'elle me déteste.
– Pour l'instant, il vaut mieux que tu l'évites, en effet.
Carolyn soupira. Elle était fatiguée et n'avait qu'une seule envie : se plonger dans un bain bien chaud avec plein de mousse. Elle avait passé une bonne partie de sa première journée en pédiatrie à quatre pattes sous les lits à récupérer des jouets éparpillés et des animaux en peluche.
En arrivant près de chez eux, ils aperçurent Yan Jeffries qui gonflait les pneus de sa moto de cross. Il était complètement débraillé, et un mégot pendait à ses lèvres.
Carolyn sentit la colère l'envahir. Elle se dirigea droit sur lui.
– Pourquoi n'êtes-vous pas encore allé le voir ? demanda-t-elle abruptement.
Yan leva un regard indifférent sur elle :
– Qui ça ?
– Votre père ! Il est très malade, à l'hôpital, au cas où vous ne le sauriez pas !
Yan se releva et jeta sa cigarette.
– Ça vous regarde ? lança-t-il d'un air arrogant.

– Et votre mère ? continua Carolyn avec véhémence. Elle a besoin de réconfort, et vous ne levez pas le petit doigt pour l'aider !

– De quel droit m'agressez-vous comme ça ? gronda Yan, menaçant. D'ailleurs, mon père vous déteste.

Carolyn rougit. Elle-même avait détesté Bernard Jeffries. Cependant elle poursuivit :

– Si votre père meurt, comment paierez-vous le loyer ? Votre mère devra déménager.

Yan Jeffries eut l'air surpris. Manifestement, il n'avait pas envisagé le problème sous cet angle.

– Le vieux va s'en sortir, grogna-t-il. Il est solide comme un roc.

Carolyn le regarda droit dans les yeux.

– Votre père peut mourir à n'importe quel moment, dit-elle fermement. Quand allez-vous enfin vous décider à vous comporter en adulte ?

26

Toute la matinée, Suzan avait eu la désagréable sensation d'être épiée. À l'heure du déjeuner, comme elle traversait le parking des visiteurs, cette impression fut si forte qu'elle s'arrêta net, le cœur battant. Elle regarda autour d'elle, mais ne remarqua rien de particulier. Des gens allaient et venaient. Elle leva les yeux vers la façade du bâtiment, cherchant un visage suspect derrière les fenêtres. Personne. Était-ce son imagination qui lui jouait des tours ?

Elle essaya de chasser ces mauvaises pensées et décida de prendre des nouvelles du petit Kevin.

Comme elle entrait dans le hall central, son cœur fit un bond dans sa poitrine : le voleur de voitures était juste en face d'elle !

Son portrait-robot, accroché sur un panneau d'affichage, était extrêmement ressemblant.

COMMUNIQUÉ DE LA POLICE

CONNAISSEZ-VOUS CET HOMME ?

Horrifiée, elle se demanda comment ce type avait pu lui plaire, ne serait-ce qu'une minute. À cet instant, une main agrippa son épaule. Elle crut s'évanouir de frayeur.

– Je vous cherchais, jeune fille, dit Arthur Garret en surgissant derrière elle. Quelqu'un souhaite s'entretenir avec vous.

– Qui ?

– La maman du gamin, Mme Hugues.

– Nous lui avions offert le baladeur pour son anniversaire, racontait Lisa Hugues. Kevin est si gentil. Bien sûr, il fait des bêtises, comme tous les enfants de son âge...

Les larmes l'empêchèrent de poursuivre. Suzan se taisait.

Elles étaient assises toutes les deux dans le bureau d'Arthur Garret qui avait eu la délicatesse de les laisser seules.

– Il adore jouer au football, continua Lisa. Geoffroy est si fier de lui ! Kevin n'a que six ans. Il est petit, mais il sait tenir sa place sur le terrain. C'est une graine de champion. Pour ça, il tient de son père. Geoffroy s'est toujours arrangé pour aller le voir jouer au club de football de l'école. Moi, je travaille le samedi matin,

alors je ne peux pas assister aux entraînements.
Suzan était soulagée que Geoffroy Hugues ne soit pas là. Elle avait craint que Lisa ne soit aussi agressive que son mari, mais, en réalité, elle découvrit une femme douce, presque effacée, qui voulait simplement parler de son petit garçon.
– Comment va-t-il ? demanda doucement Suzan.
– Toujours pareil. Mon mari m'a dit qu'il vous avait rencontrée. Aidez-nous à retrouver cet homme, Suzan. Vous êtes le seul témoin !
– Je ferai tout mon possible, Madame Hugues.
– Cela n'effacera pas l'accident, bien sûr, mais nous supporterons mieux notre malheur. Il faut absolument mettre ce chauffard derrière les barreaux. Sinon, Geoffroy deviendra fou.

27

Mme Jeffries était assise dans la salle d'attente, ses aiguilles à tricoter toujours en mouvement. Le gilet prenait forme.

– Est-ce que votre mari s'est réveillé, Madame Jeffries ? demanda Suzan.

– Non, pas encore, mais d'après le Dr Buchanan le plus dur est passé, dit-elle.

– Je rentre à la maison, reprit la jeune fille. Voulez-vous venir dîner avec moi ? Cela vous changerait les idées.

– Merci infiniment, Suzan, mais ma place est ici. Bernard et moi avons toujours tout partagé. Je veux rester près de lui.

– Je comprends.

« L'amour est un sentiment bien étrange », pensait Suzan en quittant sa voisine. Bernard Jeffries semblait avoir tyrannisé sa femme depuis leur mariage, et pourtant elle lui était entièrement dévouée.

Suzan avait décidé de rentrer à pied. C'était à elle de préparer le repas. Elle avait instauré un roulement, et chacun n'était de corvée que deux fois par semaine. Suzan, comme Mark, aimait bien cuisiner, Carolyn beaucoup moins ; quant à Thomas, son unique spécialité était la pizza surgelée. Melissa, elle, prétendait qu'elle détestait être aux fourneaux, et pourtant ses plats exotiques étaient de loin les meilleurs.

Tout en marchant, Suzan se demandait ce qu'elle allait préparer pour le dîner.

Elle longeait une maison abandonnée, aux fenêtres condamnées, couverte de graffitis, lorsque le voleur de voitures surgit devant elle.

– Viens ici, toi ! lança-t-il avec hargne.

Avant qu'elle ait pu réagir, il l'avait plaquée contre le mur, pointant un couteau sur sa gorge.

– Salut, Suzan ! ricana-t-il.

Il portait un bonnet de laine et un blouson au col relevé, mais elle reconnut immédiatement ce regard rempli de haine.

– Tu as parlé aux flics, hein ? fit-il d'une voix basse et menaçante.

Suzan, paralysée par la peur, était incapable d'articuler le moindre mot.

– Ne refais jamais ça, compris ? Oublie ce que

tu as vu à l'hôpital, oublie-moi, oublie la voiture, d'accord ?
Elle essaya de bouger la tête, mais elle sentit la pointe du couteau s'enfoncer très légèrement dans son cou.
– Et ne dis pas aux flics que tu m'as revu, siffla-t-il, son visage plaqué contre celui de la jeune fille. Si tu leur répètes un seul mot, je te coupe la langue.

À peine rentré à la maison, Thomas s'écroula dans un fauteuil, complètement découragé. Il avait passé une journée épouvantable. Il était arrivé en retard à un cours, et le professeur l'avait réprimandé devant les autres étudiants. En anatomie, il s'était montré presque incapable d'identifier les os humains placés devant lui. Et pour finir, il avait revu Michaëla dans la salle d'étude !
Il grimaça de dépit au souvenir de leur conversation.
– Bonjour, Michaëla ! lui avait-il dit. Ça me fait plaisir de te voir. Qu'est-ce que tu avais hier ? Tu étais malade ?
– Oui, s'était-elle écriée, furieuse. Je me remettais du choc de l'accident ! Je n'ai pas l'intention

de finir comme ton squelette, figure-toi. Alors, s'il te plaît, oublie-moi !

Et elle avait tourné les talons.

Thomas était resté stupéfait. Michaëla, d'ordinaire si timide et réservée, avait fait un esclandre devant tout le monde. Quelle journée infernale ! « J'aurais mieux fait de rester au lit », pensait-il.

Il entendit la porte d'entrée s'ouvrir. Il allait enfin pouvoir raconter ses malheurs à quelqu'un !

Suzan surgit dans le salon, complètement essoufflée. Se jetant dans ses bras, elle éclata en sanglots.

Bizarrement, Thomas se sentit tout de suite mieux.

28

Gilbert Buchanan gara sa BMW à l'emplacement qui lui était réservé sur le parking de l'hôpital. Il se dirigea vers la réception, sa mallette à la main.

Le personnel le salua avec respect. Il leur adressa un geste de la tête et leur sourit chaleureusement. Quel que soit le travail qui l'attendait, Gilbert Buchanan était toujours d'excellente humeur.

Une fois installé à son bureau, il s'empara des dossiers et les consulta rapidement.

« Bien ! L'état de M. Jeffries est toujours stationnaire. C'est déjà un soulagement... Je craignais qu'il ne passe pas la nuit », songea le chirurgien.

Une infirmière veillait sur Bernard Jeffries, toujours endormi.

Emily, assise à son côté, regardait son mari avec un sourire attendri et lui parlait doucement :

– Je te tricote un gilet. J'ai remarqué que tu es plus sensible au froid qu'avant.
Les yeux du malade restaient clos.
L'infirmière prit Mme Jeffries par le bras. La vieille dame comprit qu'il était temps de laisser son mari et elle se leva. Elle perçut alors un tressaillement sur le visage de son époux. Elle se pencha vers lui et caressa son front.
– Au revoir, mon chéri, je reviendrai plus tard, murmura-t-elle.
Elle regagnait la salle d'attente lorsqu'elle sentit une main se poser sur son épaule.
– Salut, M'man.
– Yan ! s'écria-t-elle, stupéfaite.
– Je suis venu voir comment tu allais, dit-il, penaud.
– Ça va. Comment tu te débrouilles à la maison ?
– Pas trop mal. Ne t'inquiète pas pour moi.
– C'est merveilleux que tu sois venu. Tu ne peux pas savoir combien c'est important pour moi, Yan. Merci.
Yan inspira profondément avant de demander :
– Euh... et comment va papa ?

29

Suzan avait recouvré ses esprits et elle pouvait enfin raconter son agression à ses amis, qui l'écoutaient attentivement.

– Recommence depuis le début, dit gentiment Thomas. Tu avais quitté l'hôpital et tu revenais à la maison...

– D'abord, j'ai eu toute la journée la désagréable impression d'être espionnée. Il a dû rôder autour de l'hôpital et épier tous mes gestes, reprit-elle.

Suzan parvenait à s'exprimer assez calmement, mais, lorsqu'elle en vint à évoquer l'agression, elle se mit à trembler de tous ses membres. Elle sentait encore la pointe du couteau contre sa gorge et l'haleine de l'homme sur son visage.

– Doucement, Suzan. Répète-nous exactement ses paroles, lui demanda Mark en essayant de l'apaiser.

– Il a dit... que si..., haleta-t-elle, que si j'allais voir la police..., il me couperait la langue.

– Quelle horreur ! s'exclama Carolyn. À ta place,

je foncerais immédiatement au commissariat.
– Et sa menace ? s'inquiéta Suzan. Je suis persuadée qu'il était sérieux...
– Bien sûr que non, la rassura Mark. Il voulait juste te faire peur.
– Eh bien, il a réussi ! s'exclama Suzan.
– Il risque le tout pour le tout, poursuivit Mark. Tu es le témoin numéro un, Suzan. S'il réussit à t'intimider, la police ne peut plus rien contre lui.
– Appelle cette femme, tu sais, l'agent qui a pris ta déclaration, dit Carolyn. Elle te conseillera.
– Et s'il découvre que j'ai contacté la police ? J'ai peur qu'il ne mette sa menace à exécution ou qu'il n'envoie des copains à lui pour faire le sale boulot.
– Si tu veux mon avis, Suzan, il agit seul. Autrement, il n'aurait pas pris le risque de t'agresser lui-même ce soir. Son portrait-robot est placardé partout.
– Bien vu, Mark ! apprécia Carolyn.
Thomas se redressa et regarda ses amis :
– Nous sommes tous concernés, n'est-ce pas ? Sois tranquille, Suzan, dit-il en lui tapotant le bras. Les Incorruptibles sont sur l'affaire.
Les paroles de Thomas redonnèrent du courage aux jeunes gens.

– Téléphone tout de suite au commissariat, dit Mark.
– Donnez-moi un peu de temps avant, demanda Suzan.
Thomas fit signe à Mark et à Carolyn, et tous trois quittèrent la pièce pour la laisser réfléchir. Suzan se sentait en sécurité dans la maison, et la présence de ses amis la rassurait. Elle se décida à contacter la police.
Elle prit le téléphone et commença à composer le numéro. Mais l'image de son agresseur s'imposa de nouveau à son esprit. Elle fut prise d'un tremblement incontrôlable.
Le combiné du téléphone tomba à ses pieds.

Lorsque les autres revinrent, Suzan avait reposé le combiné du téléphone à sa place et s'était calmée.
– J'ai laissé un message pour l'agent Purley, mentit-elle.
Carolyn, Mark et Thomas la félicitèrent tous, soulagés.
– Carolyn a accompli une bonne action aujourd'hui, dit Mark pour changer de sujet.
– Ah bon ? Qu'est-ce que tu as fait ? demanda Suzan.

– J’ai secoué cette larve de Yan Jeffries. Il était devant la porte quand on rentrait, Mark et moi, et j’en ai profité pour lui dire ce que je pensais de son attitude.
– Bien joué, reconnut Thomas.
– Bon, puisque ça va un peu mieux, dit Suzan un peu calmée, je vais préparer le repas.
Mark alluma la télévision, Thomas se plongea dans un bon bain chaud et Carolyn monta dans sa chambre pour réviser ses cours.

Suzan était en train de s’affairer dans la cuisine quand elle entendit une voiture s’arrêter devant la maison. Jetant machinalement un coup d’œil à travers les rideaux, elle vit l’agent Anne Purley sortir du véhicule.
La jeune fille fut prise de panique. Si l’agent entrait dans la maison, ses amis parleraient de l’agression. Et si elle restait à discuter avec elle sur le pas de la porte, son agresseur pourrait les voir et croire qu’elle avait appelé la police. Suzan se sentit coincée.
Elle se précipita pour ouvrir la porte avant que la jeune femme ait eu le temps de sonner. Elle constata, soulagée, qu’Anne Purley ne portait

pas son uniforme et qu'elle était venue dans une voiture banalisée. Personne ne pouvait deviner qu'il s'agissait d'un policier.
– Bonjour, Anne. Excusez-moi de ne pas vous faire entrer, mais la maison est sens dessus dessous, s'empressa-t-elle de dire.
– De toute façon, je ne peux pas rester, la rassura Anne. Je passais juste vous donner des nouvelles. Les réactions, depuis la diffusion du portrait-robot, sont très encourageantes et nous explorons quelques pistes sérieuses.
– Dès que vous l'aurez identifié, est-ce que vous l'arrêterez ?
– Immédiatement, assura Anne.
– Et il restera en prison ?
– Oui, avant de comparaître devant un magistrat. Ensuite, il sera placé en détention préventive ou libéré sous caution jusqu'au procès.
– Libéré ! s'écria Suzan, bouleversée. Vous voulez dire qu'il pourra se déplacer librement ?
– Tout dépend du magistrat, Suzan. Dans le cas qui nous intéresse, il peut décider que le crime est assez grave pour laisser le criminel sous les verrous.
Suzan ne supportait pas l'idée que son agresseur puisse être remis en liberté. Même s'il restait en

prison jusqu'à son procès, Suzan ne serait pas définitivement en sécurité. Il pourrait bénéficier d'un allègement de peine et sortir au bout de quelques années. Il lui serait alors facile de retrouver sa trace. Suzan était blême de peur.

– Vous n'avez pas l'air en forme, s'inquiéta Anne Purley. Il faut vous reposer. Autre chose, poursuivit-elle. Je voulais vous prévenir des risques que vous courez.

Suzan frissonna.

– Notre homme, en voyant le portrait-robot, cherchera probablement à faire pression sur le témoin, autrement dit : sur vous. Prenez bien toutes les précautions possibles, conseilla la jeune femme. Et surtout, ne vous déplacez jamais seule. Je suppose que vous n'avez eu aucun signe de lui depuis les événements ?

– Non, non, balbutia Suzan, aucun.

30

La nuit était tombée. Au bout de la rue, quelqu'un surveillait la maison des étudiants dans une voiture volée.
Il vit Suzan discuter sur le seuil avec une jeune femme. Celle-ci regagna enfin sa voiture. Suzan rentra et referma la porte.
Quelque chose dans l'allure énergique de la visiteuse avait éveillé les soupçons du jeune homme. Il décida de la suivre.
« J'espère que tu n'as pas fait de bêtises, Suzan », grommela-t-il dans l'obscurité.
Une fois dans High Street, il comprit. La voiture s'engagea dans le parking d'un bâtiment qui lui était familier : le poste de police. Son instinct ne l'avait pas trompé. « Ça, ce n'est pas gentil, Suzan, pas gentil du tout », pensa-t-il.

Durant toute la matinée, Suzan eut l'impression que son agresseur allait brusquement surgir devant elle avec son couteau. Ses amis l'avaient escortée jusqu'à l'hôpital et ne l'avaient pas laissée seule une minute.

Pendant le déjeuner, malgré la présence rassurante de Melissa et de Mark, elle ne cessait de regarder par-dessus son épaule.
Une voix dans le haut-parleur la fit soudain sursauter :
– On demande Suzan Hembrow au téléphone.
– C'est lui, j'en suis sûre, s'écria-t-elle, totalement paniquée.
– Calme-toi, lui dit Melissa. Je viens avec toi.
Une fois dans la cabine téléphonique, Melissa prit le combiné et tendit l'écouteur à Suzan.
– Bonjour. Qui est à l'appareil ? demanda Melissa.
– Lisa Hugues, répondit une voix douce.
Melissa mit sa main sur le combiné :
– C'est la mère du petit garçon.
Suzan, surprise et soulagée à la fois, prit l'appareil.
– Madame Hugues ?
– Excusez-moi de vous déranger, Suzan, dit-elle,

fébrile, mais je voulais vous annoncer la bonne nouvelle. Kevin est sorti du coma.
– C'est magnifique !
– Oh, bien sûr, tout n'est pas gagné. On nous a prévenus qu'il serait encore très faible. Mais, ajouta-t-elle dans un sanglot, il a ouvert les yeux.
– Merci mille fois de m'avoir prévenue, Madame Hugues, dit Suzan, au bord des larmes.
– Je voulais aussi vous dire que j'ai parlé de vous au chirurgien. Il accepte que vous alliez voir Kevin. Si vous le voulez, évidemment.
– Si je le veux ? Bien sûr ! s'exclama Suzan. À condition que votre mari soit d'accord, ajouta-t-elle.
– Geoffroy n'est pas là, il est parti travailler. Alors, vous viendrez ?
– J'arrive !

31

Après avoir examiné Carolyn, le médecin confirma une légère anémie et lui prescrivit des médicaments qu'elle alla chercher au dispensaire de l'hôpital.

Ensuite, elle courut au service de transfusion sanguine pour essayer de voir Damien. Il allait justement prendre un café à la cantine. Elle le rattrapa dans l'escalier.

– Alors, tu as vu ton médecin ? demanda-t-il chaleureusement.

– Il a bien fallu, puisque tu refuses de me soigner ! plaisanta-t-elle.

– De toute façon, je ne souhaite pas être généraliste, précisa-t-il. Je voudrais me spécialiser.

– Je parie que tu seras le prochain Gilbert Buchanan. Avec des yeux plus bleus que les siens ! ajouta-t-elle avec un sourire enjôleur.

Damien éclata de rire.

– Tu retourneras travailler en Australie ? poursuivit-elle.

– Peut-être. Qui sait ?
– J'ai toujours rêvé d'y aller. On dit que Sydney est une belle ville. Emmène-moi si tu repars, dit-elle en le poussant du coude.
– Je m'en souviendrai, Carolyn.
Elle regarda sa montre : elle devait retourner en cours, mais avant elle tenait absolument à obtenir un rendez-vous avec Damien.
– Tu es occupé ce week-end ? demanda-t-elle.
– Oui, je suis de garde.
– De jour ou de nuit ? insista-t-elle.
– De jour, heureusement. Mais je dois être disponible à tout moment, précisa-t-il.
– Oh, fit-elle, déçue. Je pensais qu'on aurait pu aller boire un verre ensemble.
– Ce sera difficile ; je suis débordé ces temps-ci. Mais je te promets d'y réfléchir, dit-il d'un air sérieux.
« Il est devenu très distant », constata-t-elle, maussade, tandis qu'il s'éloignait.

32

Le Dr Gilbert Buchanan, malgré une énorme charge de travail, trouvait toujours du temps à consacrer aux familles de ses malades : il savait combien il fallait les aider à affronter les mauvaises nouvelles.

– Ainsi donc, voici votre fils, Madame Jeffries. C'est fou ce qu'il ressemble à son père ! fit-il remarquer.

– C'est ce que je dis toujours, répondit fièrement Mme Jeffries.

Yan se tortillait sur sa chaise. Ce brillant chirurgien l'intimidait. Gilbert Buchanan était, comme à son habitude, très élégamment vêtu. Un œillet rouge ornait sa boutonnière. Yan eut tout d'un coup honte de son jean déchiré et de son sweat informe.

– C'est très gentil de nous recevoir, Docteur, dit Mme Jeffries. Comment va mon mari ?

– Il a supporté l'opération, dit le chirurgien. C'est

plutôt bon signe. Mais il est épuisé. C'est normal ; après une telle intervention, certaines personnes le seraient pour moins que ça, ajouta-t-il.
Gilbert Buchanan décrivit minutieusement l'état de santé de son patient puis les reconduisit à la porte.
– Papa va s'en remettre, n'est-ce pas ? réussit à demander Yan, surmontant sa timidité.
– Nous l'espérons, Yan. Votre père est un battant. Il possède une qualité essentielle : la volonté de vivre.

***

Bernard Jeffries ouvrit les yeux et vit quelque chose se balancer devant lui. Il battit plusieurs fois des paupières et comprit qu'il regardait une ampoule électrique.
« Où suis-je ? » se demanda-t-il.
Il essaya de bouger et ressentit une vive douleur dans la poitrine. Il n'avait qu'un souvenir très vague de son malaise, et absolument aucun du trajet jusqu'à l'hôpital. Son corps entier était douloureux.
Des pas rapides traversèrent la chambre et un visage apparut dans son champ de vision.

– Bonjour, Monsieur Jeffries, dit joyeusement l'infirmière.
Il poussa un grognement en guise de réponse.
– Vous revoilà parmi nous ? Comment vous sentez-vous ?
Il essaya de répondre, mais l'effort qu'il avait fourni pour se réveiller l'avait épuisé. Le plafond recommença à basculer, l'ampoule électrique à flotter, ses paupières se firent lourdes et il perdit de nouveau connaissance.

33

Lisa Hugues attendait Suzan devant l'ascenseur. Elle prit la jeune fille par le bras et la conduisit jusqu'à la baie vitrée d'où l'on pouvait observer les patients. Elle s'arrêta et désigna Kevin du doigt.
– Le voici, dit-elle, toute fière. Je ne peux pas vous faire entrer dans sa chambre, mais d'ici vous pouvez bien le voir.
Ce fut un choc pour Suzan : le corps et le visage

du petit garçon disparaissaient presque entièrement sous les bandages et les plâtres.

– Regardez sa main, fit Lisa. Approchez-vous pour qu'il nous aperçoive.

Suzan avança pour être dans le champ de vision de Kevin. Ses yeux inexpressifs fixaient la vitre.

– Comment vous le trouvez ?

– Bien, bien, dit Suzan avec un enthousiasme feint.

Elle s'efforça de sourire, mais elle avait du mal à partager l'optimisme de la mère.

– Il va tellement mieux ! lança Lisa. Il m'a fait signe trois fois ce matin. Regardez ! Là ! Vous avez vu ?

Kevin avait levé les doigts de sa main libre et les bougeait tout doucement. Son état restait grave, mais c'était tout de même un petit message d'espoir. Cela suffisait à sa mère pour reconstruire l'avenir.

– Geoffroy sera si content quand il verra le changement ! Kevin va s'en sortir. Je n'aurais pas supporté de le perdre, confia-t-elle en faisant un petit signe à son fils. Je suis allée à l'église et j'ai prié pour lui. Geoffroy disait que je perdais mon temps, mais finalement mes prières ont bien été entendues.

Suzan quitta Mme Jeffries, le cœur serré. Elle eut soudain honte d'avoir gardé pour elle des informations capitales uniquement parce que ce voyou l'avait menacée. Elle avait agi en égoïste, alors qu'elle pouvait aider la police à arrêter le chauffard responsable de l'état de Kevin.
Elle courut jusqu'à la cabine téléphonique, au bout du couloir. Elle trouva quelques pièces au fond de sa poche et composa le numéro de la police.
– Je voudrais parler à l'agent Purley, c'est urgent !

***

Carolyn avait retrouvé ses amis à la cantine. Depuis sa discussion avec Damien, son moral était au plus bas.
– Un autre que lui ne se ferait pas prier, gémissait-elle.
– Damien non plus, tu verras, dit Melissa pour la rassurer.
– Il aime peut-être se faire désirer, ajouta Thomas.
– Je ne sais pas, mais je n'aime pas son petit jeu, pesta Carolyn. Pourtant, pendant notre fête, il ne m'a pas lâchée.

– C’est toi qui ne l’as pas lâché, rectifia Melissa.
– Il a des yeux si craquants ! se justifia Carolyn.
Oubliant ses petits problèmes personnels, Carolyn s’inquiéta soudain :
– Où est Suzan ?
– Elle est allée voir Kevin Hugues, dit Melissa.
– Toute seule ? On devait toujours rester avec elle !
– Nous lui avons proposé de l’accompagner, précisa Melissa, mais elle n’a pas voulu.
– Ne t’inquiète pas, Carolyn. Ici, elle est en sécurité, ajouta Mark.

34

Le jeune homme avait coupé ses longs cheveux blonds et enveloppé son bras, qu’il tenait en écharpe, dans d’épais bandages.
Il entra dans le service des consultations. Il était tellement content de son déguisement qu’il tra-

versa le hall pour contempler son portrait-robot accroché au mur. Ce patient au bras blessé et l'homme recherché étaient deux personnes différentes...

La salle d'attente était bondée. Le va-et-vient incessant lui permettait de se fondre facilement dans la foule. Il caressa d'un geste furtif son bras en bandoulière. Dissimulé sous ses bandages, le couteau, affûté, était prêt à servir.

Une infirmière adressa un sourire aimable au dangereux individu.

– Asseyez-vous, Monsieur. Vous avez rendez-vous ?

– Non, j'attends juste mon amie Suzan, dit-il.

***

Thomas, impatient de servir de garde du corps à Suzan, arriva une demi-heure en avance. Quand elle sortit du service de radiologie, il lui fit un salut militaire :

– Agent Robbins, à votre service, Mademoiselle !

Elle rit, et Thomas ajouta :

– Tout va bien, Suzan ?

– Tout va bien, merci. Et toi ? Tu as vu Michaëla ?

– Oui. On est toujours en froid, mais ça ne me fait plus grand-chose. Honnêtement, je ne sais pas ce que je lui trouvais.
Suzan sourit intérieurement. Thomas disait la même chose à chaque fois qu'une fille refusait ses avances. Michaëla venait s'ajouter à une liste déjà bien longue !
– On rentre ? demanda-t-il.
– Je voulais d'abord passer voir M. Jeffries, dit Suzan.
– Son état est stable. Je suis allé le voir tout à l'heure. Et devine un peu qui j'ai croisé dans sa chambre ?
Suzan donna sa langue au chat
– Son parasite de fils, lâcha-t-il.
– Yan ? Pas possible !
– Il était assis à côté de sa mère ; il avait vraiment l'air de s'en faire pour son père. J'ignore ce que Carolyn lui a dit, mais ça a été radical. Bon, on y va ?
– Attends une minute, Thomas, j'ai promis à Mme Hugues que j'irais dire au revoir à Kevin avant de partir.
Ils prirent l'ascenseur. Thomas insista pour rester auprès d'elle.
– Question de sécurité, dit-il.

– Merci, je n'oublierai pas tout ce que tu fais pour moi.
– Oh, je serai bien là pour te le rappeler, va ! plaisanta-t-il.
Un homme en salopette blanche traversait le couloir en sens inverse. Suzan reconnut aussitôt Geoffroy Hugues.
Quand il arriva à la hauteur de l'étudiante, il lui barra le passage.
– Qu'est-ce que vous venez encore faire ici ? gronda-t-il.
– Votre femme m'a demandé de passer après mon service. Elle m'a prévenue que Kevin allait un peu mieux, dit Suzan en essayant de l'apaiser. Vous devez être heureux, tous les deux !
Les traits de Geoffroy Hugues se déformèrent sous l'effet de la douleur.
– Vous vous moquez de moi ou quoi ? s'exclama-t-il. Allez-vous-en ! hurla-t-il avec rage.
– Est-ce qu'il y a du nouveau ? Il s'est passé quelque chose ? Son état a empiré ? demanda Suzan sans comprendre la réaction de Geoffroy.
Le masque de colère qu'affichait le père de Kevin tomba d'un coup, laissant place à un immense désarroi. Il luttait pour retenir ses larmes.

– Kevin est mort à quatre heures, cet après-midi.
Suzan était atterrée. Elle avait vu l'enfant à midi, il lui avait même fait un signe !
Elle bredouilla une excuse, mais Geoffroy Hugues ne l'entendit pas. Il était reparti en titubant dans le couloir. Suzan sentit ses jambes chanceler. Thomas la retint juste à temps et la fit asseoir sur une chaise.
– Je ne m'y attendais pas du tout..., murmura Suzan.
– C'était à prévoir depuis le début, malheureusement, dit Thomas d'une voix douce.
– C'est injuste, s'insurgea-t-elle. Et c'est trop cruel !
Elle fondit en larmes. Thomas passa un bras autour de ses épaules. Secouée de sanglots, la jeune fille ne parvenait pas à se calmer.
Elle réussit enfin à articuler quelques mots.
– Pauvre Mme Hugues ! Tu crois que je peux allez la voir, Thomas ? demanda-t-elle.
– Non, Suzan. Tu as fait ce que tu as pu. Il est temps de prendre un peu de distance, maintenant. Laisse la famille seule avec son deuil.
Suzan avait l'impression qu'un grand vide s'était installé en elle. Elle mesura combien elle

avait pensé à Kevin ces derniers jours. Elle sentit une colère froide l'envahir. Le petit garçon avait été tué par un voleur de voitures qui courait toujours. À présent, le tueur ne lui faisait plus peur.
– Ce chauffard doit payer, Thomas, déclara-t-elle.
– Il paiera, Suzan, ne t'en fais pas. Ce n'est qu'une question de temps.

35

Jusqu'à présent, les appels reçus par la police à propos du portrait-robot avaient été des canulars ou de simples erreurs. Mais cette fois, elle tenait une information sérieuse. Quatre personnes différentes avaient identifié l'individu comme étant un certain Léo Everitt.
Les policiers eurent du mal à le localiser, car il avait changé plusieurs fois de domicile. Ils finirent pourtant par trouver la bonne adresse.

Un inspecteur à la carrure imposante tambourina à la porte.
– Léo Everitt ! Ouvrez ! ordonna-t-il.
Pas de réponse. Deux collègues l'accompagnaient. Trois autres surveillaient l'arrière de la vieille maison.
– Ouvrez ! cria l'inspecteur. Police !
Toujours pas de réponse. L'inspecteur fit signe à l'un des policiers qui défonça la porte d'un coup d'épaule. Tous trois se précipitèrent à l'intérieur. La pièce était vide, mis à part le butin d'Everitt.
– Il a combien de bras, ce gars-là ? plaisanta l'un des policiers en exhibant une collection de montres.
En fouillant dans la poubelle, l'inspecteur mit la main sur les mèches de cheveux blonds.
– Notre homme a changé de coiffure, dit-il. Mais où a-t-il filé ?

***

Léo Everitt connaissait l'hôpital comme sa poche. Il y avait traîné plusieurs fois à l'occasion de ses vols.
Cette fois, il venait pour tout autre chose. Suzan devait être réduite au silence. Son témoignage

pouvait l'envoyer en prison pour de longues années, et ça, il voulait l'éviter à tout prix.
La fenêtre de la salle d'attente des consultations offrait une vue plongeante sur l'entrée principale. Everitt savait que Suzan se trouvait à l'intérieur de l'hôpital. De là, il pourrait la voir sortir.
Soudain une voix le fit sursauter dans son dos :
– Que vous est-il arrivé, Monsieur ?
– Pardon ?
Il esquissa un mouvement de recul à la vue de l'uniforme, mais Arthur Garret ne s'intéressait qu'à son bras.
– Un accident de travail, mentit Everitt. J'ai eu la main happée par une machine.
– Vous devriez poursuivre votre employeur pour négligence et demander des dommages et intérêts, conseilla Garret. Il faut que quelqu'un paie pour ça, ajouta-t-il en montrant le bandage.
Léo sentit le couteau sous ses doigts et sourit :
– Ne vous inquiétez pas, je m'en occupe.

36

Avant de rentrer à la maison, Melissa et Mark passèrent voir Mme Jeffries. Ils trouvèrent leur voisine d'excellente humeur.
– Mon mari va mieux, annonça-t-elle fièrement.
– Formidable ! s'exclama Melissa.
– Il se bagarre, vous savez. Le Dr Buchanan nous a dit à quel point il était important que le malade s'accroche à la vie.
Elle leur montra le gilet :
– Je commence vraiment à croire que Bernard pourra le mettre un jour.
– J'en suis certain, dit Mark.
La vieille dame regarda autour d'elle :
– Carolyn n'est pas avec vous ?
– Elle pensait que vous ne voudriez pas la voir, dit Melissa.
– Oh, maintenant, c'est différent. Je dois m'excuser auprès d'elle. J'ai cru que son altercation avec Bernard avait provoqué la crise cardiaque et je lui en ai beaucoup voulu.

– Vous n'imaginez pas combien elle se sentait coupable ! avoua Melissa.
– Au point que, lorsque votre mari a dû être transfusé, elle a voulu donner son sang, ajouta Mark.
– Elle a fait ça ? s'exclama Mme Jeffries, émue. Je dois lui parler. Le Dr Buchanan m'a expliqué que la crise cardiaque menaçait Bernard depuis longtemps. Son alimentation était trop riche. De plus, il ne faisait pas assez d'exercice, soupira-t-elle. Et puis, il y a eu la mort de Sam, notre chien. Bernard a été obligé de le faire piquer et ça l'a bouleversé. D'après le médecin, c'est ce qui a déclenché l'attaque. Vous voyez, Carolyn n'y est pour rien. Dites-le-lui.
– Et si vous le lui disiez vous-même, Mme Jeffries ? suggéra Melissa.
– Oui, appuya Mark. Elle préférera sûrement l'entendre de votre bouche.

37

Léo Everitt dut abandonner son poste d'observation. Il craignait d'éveiller les soupçons d'Arthur Garret, le chef de la sécurité, qui rôdait dans la salle d'attente en lui jetant des regards furtifs. Il n'avait toujours pas vu passer Suzan : il commençait à se demander si elle ne lui avait pas échappé.

Everitt décida de poursuivre le guet sur le parking. Il se glissa derrière une camionnette face à l'entrée du bloc principal.

Sa patience fut bientôt récompensée : il aperçut enfin Suzan dans l'encadrement d'une fenêtre, au premier étage.

« Ne bouge pas, ma petite, ricana-t-il. J'arrive ! »

Thomas attendait Suzan en bas. Elle l'avait finalement convaincu de ne pas l'escorter jusqu'aux toilettes. L'étudiante se passa un peu d'eau fraîche sur le visage et tamponna ses yeux rou-

gis par les larmes. La mort du petit Kevin l'avait bouleversée.
Elle releva la tête et s'aperçut qu'elle se trouvait exactement au même endroit que le jour du vol. Soudain, elle sursauta. Elle venait de voir un homme bondir de derrière une camionnette et se diriger à grandes enjambées vers le bâtiment central.
« Pas de panique ! se dit-elle, ce n'est qu'un patient, il a le bras en écharpe. »
Elle s'essuya le visage, attrapa son sac et sortit précipitamment des toilettes.
En haut de l'escalier, elle s'arrêta net. Léo Everitt montait les marches quatre à quatre. À son regard, elle comprit qu'il était venu pour la tuer.
Sans réfléchir, elle s'élança à toute allure dans le couloir en face de l'escalier. Everitt se débarrassa de son écharpe et la prit en chasse.
Paniquée, Suzan courut jusqu'à une sortie de secours, franchit la lourde porte métallique et la referma violemment derrière elle. Suzan pesait de tout son poids pour la maintenir fermée. Léo Everitt donna un coup d'épaule, mais en vain... Suzan tenait bon. Elle tremblait de la tête aux pieds.

Son agresseur redoubla de violence et parvint à entrouvrir la porte. Suzan aperçut son visage déformé par la haine.
– Je t'avais prévenue, Suzan, siffla-t-il, menaçant. Tu vas regretter d'avoir parlé aux poulets !
Le couteau jaillit dans l'entrebâillement étroit et entailla le sac de Suzan. Elle hurla, et fila comme une flèche. Derrière elle, la porte s'ouvrit avec fracas. La jeune fille franchit un nouveau sas et s'engagea dans un autre couloir.
Un chariot était rangé devant une chambre. Suzan l'attrapa et l'envoya droit sur Everitt. Le chariot le heurta, laissant à la jeune fille quelques secondes de répit. Elle se précipita vers un avertisseur d'incendie, brisa la vitre de sécurité et appuya sur le bouton.
Le bruit assourdissant alerta médecins, infirmières et brancardiers qui sortirent tous dans le couloir. Suzan continuait de courir, les suppliant de lui venir en aide. Everitt accéléra son allure, bousculant au passage les gens qui sortaient des chambres, hébétés. Il gagnait rapidement du terrain.
Les cris couvraient à présent le vacarme de la sirène ; une foule de curieux avait envahi le couloir. Suzan poursuivait sa course folle. Elle

s'attendait à chaque instant à sentir la lame du couteau s'enfoncer dans sa chair. Everitt allait avoir sa revanche, rien ne pouvait plus l'arrêter maintenant.

En tournant dans un nouveau couloir, Suzan entra en collision avec un brancardier. Tous deux s'étalèrent. La jeune fille roula sur le dos. Léo Everitt se précipita sur elle, haletant :

– Tu m'as désobéi, Suzan, tu vas me le payer !

– Ne me touchez pas ! hurla-t-elle.

Il leva son arme et Suzan se plaqua au sol, terrifiée. Mais le bras de l'agresseur fut bloqué en plein vol. Arthur Garret venait de lui attraper la main. Il lui fit lâcher son couteau en lui tordant le poignet et l'immobilisa. Deux autres gardiens arrivèrent en renfort.

– Je l'ai, les gars ! cria fièrement Garret. Coupez l'alarme, s'il vous plaît.

La tension de ces quelques instants avait été tellement forte que Suzan faillit s'évanouir de soulagement.

Épilogue

– Ce n'est pas très appétissant, gémit Melissa en remuant la soupe avec une cuiller en bois.

Mark révisait ses cours dans la cuisine, à côté d'elle :

– Appelle Carolyn, c'est elle la spécialiste !

– Elle est sortie avec Damien ce soir, lui rappela Melissa. Au fait, où est Thomas ?

– Toujours au téléphone, avec son père, dit Mark sans lever les yeux. Il a finalement trouvé le courage de lui parler de sa voiture.

La porte de la salle de bains s'ouvrit à l'étage, laissant échapper un flot de musique country. Suzan descendit l'escalier en chantonnant, dra-

pée dans sa robe de chambre, ses cheveux mouillés enroulés dans une serviette.
Elle aperçut Thomas qui téléphonait et remonta éteindre la radio. Thomas la remercia d'un signe de la main. Il raccrocha et s'effondra sur le canapé.
– Qu'est-ce qu'il t'a dit ? demanda Suzan.
– Il a hurlé quand je lui ai annoncé le montant des réparations. Il a râlé pendant une heure et il m'a traité de parfait crétin, expliqua-t-il.
– Il n'a pas vraiment tort..., dit Suzan.
– Vous connaissez les dernières nouvelles ? demanda Mark pour mettre fin aux plaintes de Thomas. M. Jeffries va peut-être rentrer chez lui dès la semaine prochaine.
– Déjà ! s'exclama Melissa.
– Le service a besoin de lits pour les cas graves, et lui, il n'est plus en danger, expliqua Mark.
– Et voilà ! ajouta Thomas. Grâce au talent de Gilbert Buchanan, nous aurons le plaisir de retrouver M. Jeffries accoudé contre la barrière du jardin et occupé à se plaindre du bruit que nous faisons.
Ils rirent tous les trois ; Suzan se contenta de sourire.
– Notre soirée a au moins eu une conséquence

heureuse, remarqua Melissa. Carolyn et Damien ne se quittent plus, on dirait !

– Il l'a seulement invitée à boire un verre, précisa Thomas. Mais il ferait bien de se méfier. Quand Carolyn sort avec un garçon, elle ne lui laisse pas beaucoup de répit.

Ils rirent à nouveau. Seule Suzan restait songeuse.

– Comment te sens-tu ? lui demanda Mark en s'asseyant auprès d'elle.

– Pas trop mal, merci.

– Ça n'a pas été facile pour toi, ces derniers jours, compatit Mark.

– C'est bien vrai ! La musique country, quel enfer ! plaisanta Thomas.

– Ça me permet de moins penser à Kevin, dit-elle calmement.

– Alors, écoute-la autant que tu veux, déclara Melissa. Thomas n'osera pas râler. N'est-ce pas ?

– Si tu me prends par les sentiments...

– C'est étrange, non ? remarqua tristement Suzan. Kevin, qui avait toute sa vie devant lui, meurt, et un vieil homme, qui subit plusieurs opérations coup sur coup, guérit... Pourquoi ?

Elle vit leur regard étonné et s'empressa de préciser sa pensée :

– Je ne veux pas dire que j'aurais préféré que M. Jeffries meure. J'aurais voulu que tous deux s'en sortent. Mais Kevin avait tant de choses à découvrir !
– Pense à l'avenir qui l'attendait, lui fit observer Mark. L'accident avait provoqué des dégâts irréversibles dans son cerveau. Il n'aurait jamais pu mener une vie normale.
– Je le sais bien, admit Suzan.
– Imagine aussi la vie de ses parents, ajouta Melissa.
– Mais ils ont perdu le fils qu'ils aimaient ! s'écria Suzan.
– Tu sais bien qu'il n'y a rien de logique quand il s'agit de la vie et de la mort, admit Mark.
– Il y a au moins une consolation, nota Thomas. La police a attrapé Léo Everitt. J'espère qu'ils le boucleront et qu'ils perdront la clé de sa cellule.
– Il faut que je remercie M. Garret pour son intervention. Je l'ai échappé belle ! reconnut Suzan.
– Allez, c'est fini, dit Melissa. Il faut oublier cette sinistre histoire, Suzan.
– Jusqu'au procès ! Je vais devoir témoigner. Mais je n'ai plus peur maintenant ! dit-elle d'un ton ferme.

Une silhouette passa devant la fenêtre et ils entendirent la clé tourner dans la serrure. Ils se regardèrent avec étonnement. Carolyn, partie depuis moins d'une heure, était déjà de retour. Elle déboula dans la pièce comme une furie et s'effondra sur une chaise, les bras croisés, folle de rage.

– Qu'est-ce qui s'est passé ? demanda Melissa.

– Rien, dit-elle, boudeuse. Et il ne se passera plus jamais rien avec Damien.

– Pourquoi ? demandèrent en chœur ses amis.

– Parce que je l'ai laissé tomber. Je ne comprends pas ce que j'ai pu trouver à cette espèce d'Australien.

Les quatre étudiants échangèrent un regard amusé.

– Qu'est-ce qu'il a fait ? Raconte-nous ! supplia Melissa.

– Figurez-vous que le Dr Damien Holt a fait la seule chose que je ne pourrais jamais lui pardonner, dit-elle avec une mine dégoûtée.

– Il a eu un geste déplacé ?

– Pire ! Il s'est laissé pousser la barbe ! hurla-t-elle.

Tous s'esclaffèrent, y compris Suzan. Décidément, la vie amoureuse de Carolyn et ses per-

pétuelles péripéties leur assureraient encore quelques bonnes années de rire.
Un bruit familier les rappela à la réalité. C'était la sirène d'une ambulance. Le véhicule quittait l'hôpital pour se précipiter vers une urgence. Suzan se leva sans réfléchir et alla à la fenêtre. Mark la rejoignit lentement.
– Laisse ça, murmura-t-il. Tu ne peux pas courir derrière toutes les ambulances.
Suzan hocha la tête. Puis, se tournant vers ses amis, elle demanda :
– La soupe est prête, Melissa ? Je meurs de faim.

FIN

EXTRAIT

Et pour t'aventurer encore
dans l'univers de

HÔPITAL URGENCE

lis
ces quelques pages de

ISSUE
DE SECOURS

L'endroit déplut tout de suite à Thomas. Au moment où il pénétrait dans la discothèque avec Carolyn, les videurs éjectaient un gars passablement éméché et il y avait de la violence dans l'air. Regardant autour de lui avec méfiance, Thomas remarqua :

– C'est plutôt mal famé, non ?

– Tout ce que j'aime, répliqua Carolyn en riant.

Tous deux avaient travaillé tard à l'hôpital. Aussi, quand Carolyn avait proposé de faire un tour à la nouvelle discothèque pour se changer les idées, Thomas avait-il accepté immédiatement. Il commençait à le regretter. *L'Underworld* semblait être le lieu de rendez-vous des loubards en blousons de cuir accompagnés de filles au maquillage agressif.

Carolyn, elle, paraissait tout à fait à l'aise.
– Cette musique est absolument géniale, dit-elle en se trémoussant.
– Je boirais bien quelque chose, suggéra Thomas.
– Viens danser d'abord.
Elle le tira par la main, mais, avant qu'ils aient pu atteindre la piste, ils furent accostés par un garçon grand et mince, les cheveux attachés en queue de cheval et les joues mangées par une barbe de plusieurs jours. Les bras grands ouverts, il accueillit Carolyn comme une amie de longue date.
– Salut, lança-t-il, je suis content de te revoir.
– Ah !... euh... bonsoir, bredouilla-t-elle, le reconnaissant à peine.
– On s'est rencontrés ici la semaine dernière. Ne me dis pas que tu as oublié ! Je m'appelle Adam.
– C'est vrai, oui. Salut, Adam !
– Et toi, c'est... attends une minute... Carolyn.
– Exact. Et voici Thomas.
Adam fit un signe de tête à Thomas, mais c'était Carolyn qui l'intéressait. Celle-ci se souvenait vaguement l'avoir rencontré la semaine précédente avec une bande de copains.

– Tu danses ? demanda Adam.

Il lui prit la main et l'entraîna.

Thomas était déçu. C'était Carolyn qui avait eu l'idée de la discothèque, et, à peine arrivée, elle l'abandonnait pour un type dont elle ne se rappelait même pas le nom ! Thomas se fraya un passage vers le bar et commanda une bière. Dans l'éclairage stroboscopique, il apercevait par instants Adam et Carolyn dansant avec fougue. Soudain, une silhouette s'approcha d'eux. Il y eut une brève altercation. Adam repoussa l'individu qui se réfugia sur le bord de la piste.

– Qui c'était ? demanda Carolyn, mal à l'aise.

– Un empoisonneur, ne fais pas attention.

– Qu'est-ce qu'il voulait ? insista-t-elle. Pourquoi t'a-t-il menacé ?

Adam ignora ses questions et se remit à danser. Carolyn en fit autant. Après une longue journée à l'hôpital, elle avait envie de s'amuser.

Elle ne remarqua pas tout de suite que les gestes du jeune homme devenaient désordonnés. Le regard fixe, la bouche crispée, il semblait ailleurs. Au rythme de la musique assourdissante, ses mouvements devenaient frénétiques.

Soudain, ses jambes se dérobèrent, sa tête vacilla. Il tomba, entraînant Carolyn dans sa chute. Immédiatement, ce fut la panique. Les danseurs se mirent à hurler et à se bousculer dans la plus totale confusion. Carolyn, affolée, repoussait les gens à coups de poings :

– Reculez ! Vous voyez bien qu'il a un malaise !

Adam restait immobile, étendu au beau milieu de la piste, et Carolyn craignait le pire. Les danseurs les entouraient à nouveau, au risque de les piétiner. À travers l'épais rideau de fumée et les mouvements de la foule, Thomas ne voyait pas grand-chose, mais il comprit que Carolyn était au milieu de cette agitation. Posant son verre, il joua des coudes pour la rejoindre :

– Qu'est-ce qui se passe, Carolyn ?

– C'est Adam. Il s'est écroulé. Ils vont le piétiner si nous ne le sortons pas de là.

Thomas bondit vers le bar :

– Appelez une ambulance, vite !

***

Quand l'ambulance arriva, Thomas et Carolyn étaient toujours agenouillés près d'Adam, s'efforçant de le protéger des danseurs et des curieux. L'haleine du garçon sentait fortement l'alcool.

– Je vais à l'hôpital avec lui, déclara Carolyn.

– Mais tu le connais à peine !

– Ça ne fait rien, je l'accompagne.

Deux ambulanciers entrèrent, sous les rires moqueurs des clients accoudés au bar. Ils déposèrent Adam sur un brancard tout en écoutant Carolyn leur faire le récit des événements. Dans la discothèque, personne ne s'intéressait plus à eux. Ce n'était qu'un banal incident dans la vie trépidante de l'établissement.

– Je vous suis à pied, déclara Thomas quand ils furent sortis.

– D'accord, rendez-vous aux urgences, dit Carolyn en montant à l'arrière du véhicule.

Elle qui pensait oublier l'hôpital pour quelques heures, elle y retournait plus vite que prévu ! Un ambulancier prit le pouls du malade, puis sa tension. Adam était toujours inconscient.

– Qu'est-ce qu'il a ? demanda Carolyn.

– Je ne suis pas très sûr, mais…

– Ce n'est pas seulement l'alcool, affirma Carolyn. J'ai déjà vu des gens ivres, ils ne réagissent pas comme ça.
Soudain, Adam fut secoué de spasmes, comme s'il était en transe.
L'ambulancier fouilla les poches du garçon :
– Vous ne l'avez pas vu renifler des solvants ou absorber des pilules ?
– Non, je n'étais avec lui que depuis quelques minutes.
– On dirait que la réponse est là, dit l'homme en retirant de la poche du jean une enveloppe contenant des petites pilules blanches.
– Qu'est-ce que c'est ?
– De la « colombe blanche », une sorte d'Ecstasy. Ce type est drogué, ma jolie.

Il y avait un monde fou aux urgences. Mais le chauffeur de l'ambulance avait prévenu le service de l'arrivée d'Adam. Celui-ci fut emmené en priorité jusqu'à la salle d'examen où l'attendaient le médecin de garde et son équipe. On laissa à Carolyn le soin de donner à la réceptionniste le peu d'informations qu'elle possédait sur le malade.

– Prénom ?

– Adam.

– Nom ?

– Je n'en sais rien.

– Adresse ?

– Aucune idée, je ne l'ai rencontré que deux fois.

– Deux fois de trop, murmura dans son dos Thomas qui venait d'arriver, tout essoufflé.

– Allez, viens, Carolyn, reprit-il. Nous n'avons plus rien à faire ici. Il est en de bonnes mains, maintenant.

– Je ne veux pas le laisser seul.

– Racontez-moi ce qui s'est passé, reprit la réceptionniste.

C'était une dame d'une certain âge, portant des lunettes d'écaille. Malgré l'agitation qui régnait, elle restait polie et souriante.

– Nous étions à *L'Underworld,* la nouvelle discothèque dans la rue Wilson. C'est là que nous l'avons rencontré.

– Dans quel état était-il ?

Carolyn raconta tout, essayant de bien se remémorer les symptômes qu'avait présentés le jeune homme. La réceptionniste nota les détails importants et leur demanda d'attendre. Tandis qu'ils s'asseyaient dans un coin, Thomas se rappela un détail :

– Carolyn, qui était l'autre type ?

– Hein ?

– Quand vous dansiez, quelqu'un s'est approché de vous.

– Ah ! oui, un certain Jason. Je ne sais pas ce qu'il voulait. Il a menacé Adam de lui casser la figure. Ça s'est passé très vite, je n'y ai rien compris.

– Tu as vraiment de drôles de fréquentations !

Bientôt, une infirmière vint les chercher pour les conduire à un petit bureau où les rejoignit le médecin de garde, un homme d'une trentaine d'années à la calvitie naissante et au visage long et triste.

– Bonsoir, je suis le docteur Minton. On m'a dit que vous aviez accompagné Adam Green.

– Il s'appelle Adam Green ?
– Vous n'êtes pas de ses amis ?
– Non, pas vraiment, répondit Carolyn. Je l'avais déjà rencontré une fois à *L'Underworld,* c'est tout. Comment va-t-il, Docteur ?
– Plutôt mal. Il semble avoir fait des mélanges : amphétamines, Ecstasy et Dieu sait quoi d'autre, et il a noyé le tout dans l'alcool. Un cocktail qui aurait pu lui être fatal. Nous lui avons fait un lavage d'estomac et nous allons le garder en observation.
Le médecin les regarda avec insistance :
– Je voudrais que vous me répondiez franchement. Avez-vous pris des substances illégales à la discothèque ?
– Bien sûr que non ! s'écria Carolyn, outrée.
– *L'Underworld* a la réputation d'être un lieu où la drogue circule.
– Nous n'y sommes allés que pour danser, affirma Thomas. Carolyn est élève infirmière ici, et moi, je suis étudiant à l'école de médecine. Nous savons les dégâts que provoque la drogue.
– Vous ne seriez pas les premiers étudiants à en consommer, l'interrompit rudement le médecin.

EXTRAIT

Mais, pour en revenir à Adam Green, il me paraît sur la mauvaise pente.

– Comment avez-vous su son nom ? demanda Carolyn.

– Par son permis de conduire. Le directeur du service a pu contacter sa famille. Ses parents vont arriver d'un instant à l'autre.

– Alors, ils vont prendre le relais, dit Thomas, soulagé. Viens, Carolyn, on peut rentrer maintenant.

– Je reste jusqu'à leur arrivée, insista la jeune fille. Je me sens concernée. Je voudrais les rencontrer.

– Si tu veux un conseil d'ami, ne te mêle pas de cette histoire !

Carolyn ignora cette remarque et se tourna vers le médecin.

– Combien de temps va-t-il rester à l'hôpital ?

– Ça risque d'être long.

Découvre vite la suite de cette histoire
dans
ISSUE DE SECOURS
N° 704 de la série
HÔPITAL URGENCE

HÔPITAL URGENCE

701. Délit de fuite
702. Virus tropical
703. Incendie criminel
704. Issue de secours

Cet ouvrage a été réalisé par la
SOCIÉTÉ NOUVELLE FIRMIN-DIDOT
Mesnil-sur-l'Estrée
pour le compte des éditions Bayard
3, rue Bayard 75008 Paris
en septembre 1998

Imprimé en France
Dépôt légal : septembre 1998
N° d'édition : 4169 - N° d'impression : 43831